I-Juca-Pirama

Os Timbiras

Gonçalves Dias

Copyright © 2015 da edição: DCL – Difusão Cultural do Livro

Equipe DCL – Difusão Cultural do Livro

DIRETOR EDITORIAL: Raul Maia
EDITOR: Marco Saliba
ASSESSORIA DE EDIÇÃO: Millena Tafner
GERENTE DE ARTE: Vinicius Felipe
ILUSTRAÇÃO DA CAPA: João Lin
GERENTE DE PROJETOS: Marcelo Castro
SUPERVISÃO GRÁFICA: Marcelo Almeida

Equipe Eureka Soluções Pedagógicas

EDITOR DE ARTE: Gustavo Garcia
EDITORA: Luana Vignon
ASSISTENTE DE EDIÇÃO: Roseli Souza
DIAGRAMAÇÃO: Gustavo Garcia
COMENTÁRIOS E GLOSSÁRIO: Pamella E. Brandão Inacio
REVISÃO DE TEXTOS: Murillo Ferrari

TEXTO CONFORME O NOVO ACORDO ORTOGRÁFICO DA LÍNGUA PORTUGUESA

```
Dados Internacionais de Catalogação na Publicação (CIP)
(Câmara Brasileira do Livro, SP, Brasil)

    Dias, Gonçalves, 1823-1864.
    I - Juca-Pirama ; Os timbiras / Gonçalves Dias ;
    capa João Lin. -- 1. ed. -- São Paulo : DCL,
    2014. -- (Coleção grandes nomes da literatura)

    "Texto integral com comentários"
    ISBN 978-85-368-2019-4

    1. Poesia brasileira I. Título. II. Título: Os
    timbiras. III. Série.



14-00806                                       CDD-869.1
```

Índices para catálogo sistemático:

Impresso na Espanha

Editora DCL – Difusão Cultural do Livro
Rua Manuel Pinto de Carvalho, 80 – Bairro do Limão
CEP: 02712-120 – São Paulo – SP
www.editoradcl.com.br

Sumário

APRESENTAÇÃO 5

I-JUCA-PIRAMA 7
I 9
II 10
III 12
IV 13
V 16
VI 17
VII 19
VIII 21
IX 22
X 24

OS TIMBIRAS 25
INTRODUÇÃO 27
CANTO PRIMEIRO 29
CANTO SEGUNDO 40
CANTO TERCEIRO 52
CANTO QUARTO 68

APRESENTAÇÃO

O AUTOR

Nascido em 10 de agosto de 1823, no Maranhão, Antônio Gonçalves Dias era fruto da miscigenação brasileira: uma mistura de branco, índio e negro, e se orgulhava de fazer parte das três principais raças que formaram a nação brasileira.

Em 1840 desembarca em Portugal para estudar Direito na Faculdade de Coimbra, onde começa a ter contato com o estilo literário apresentado como Romantismo. Três anos depois, escreve o famoso poema "Canção do Exílio", em que exprime sua profunda saudade e admiração pela beleza natural brasileira.

Em 1844, aos 21 anos, graduou-se como bacharel em Direito e volta para o Brasil, onde se depara com uma grande produção literária. Cinco anos depois, funda a revista *Guanabara* com os colegas Araújo Porto Alegre e Joaquim Manuel de Macedo. Gonçalves Dias tem sua produção concentrada na primeira fase do Romantismo brasileiro, que se caracteriza com a descrição do índio como herói do Brasil, com o patriotismo, a saudade e a exaltação da beleza da natureza do país. Destacamos como obras principais *I-juca Pirama*, *Os Timbiras* e *Canção do Tamoio*.

Gonçalves Dias morre em um naufrágio do navio Ville de Boulogne em 1864, próximo ao Maranhão, quando voltava de uma viagem à Europa.

O ENREDO

Nesta publicação são apresentados dois poemas indianistas do poeta Gonçalves Dias: *I-Juca-Pirama* e *Os Timbiras*.

O poema *I-Juca-Pirama* é apresentado em dez cantos. Neles, um índio tupi é capturado pelos índios timbiras. Neste contexto, o autor Gonçalves Dias apresenta sua poesia romântica, em que afirma a nacionalidade brasileira e ufana o índio como herói e representante dos valores nacionais.

Ao decorrer da leitura do poema, nos deparamos com a exaltação da honra do povo tupi, que é descrita através da história e lembrada anos depois, por um velho timbira. Nessa história um índio tupi é exaltado por sacrificar a vida em nome da bravura de seu povo e das tradições indígenas.

Já em *Os Timbiras,* deparamo-nos com uma introdução e quatro cantos nos quais contam-se as histórias de sucesso dos guerreiros timbiras, com destaque aos feitos do chefe Itajubá e do jovem Jatir. Gonçalves Dias descreve os índios de modo idealizado, projetando nestes "bons selvagens" apenas grandes valores de coragem e honra. Já os luso-brasileiros são apresentados como aqueles que enganam e se apoderam da terra que não lhes pertencem. Esta epopeia, que usa diversos termos tupis, é uma obra inacabada, já que antes de concluir, Gonçalves Dias faleceu em um naufrágio.

O PERÍODO HISTÓRICO-LITERÁRIO

O Romantismo no Brasil considera como obra inaugural o livro Suspiros Poéticos e Saudades, publicado em 1836 pelo escritor Gonçalves de Magalhães. Como característica geral da primeira fase do Romantismo brasileiro, que gira entre 1836 e 1852, temos a busca por uma identidade nacional. O patriotismo se manifesta no processo de emancipação do país, conquistada em 1822, e se estendeu na produção literária e cultural. Outras características observadas são o emprego da melancolia, a saudade e a natureza presentes nos enredos que desenhavam o ideário romântico do país.

Em sua segunda fase, iniciada em 1853 com a publicação de Poesias, de Álvares de Azevedo, a exaltação da pátria e da natureza dão espaço ao sofrimento, à angústia e, claro, à idealização do amor. A imaginação e o sentimentalismo excessivo sobrepõem a razão.

A partir da década de 1870 as ideias republicanas e abolicionistas formam a base da produção realizada pelos autores do terceiro período do Romantismo. Também é observado o início da transição entre o Romantismo e o Realismo. Este engajamento político observado no final desta escola literária se sobrepõe ao subjetivismo e ao patriotismo exacerbado.

I-Juca-Pirama

Gonçalves Dias

....

I

....

No meio das tabas[1] de amenos verdores,
Cercadas de troncos – cobertos de flores,
Alteiam-se os tetos d'altiva nação;
São muitos seus filhos, nos ânimos fortes,
Temíveis na guerra, que em densas coortes[2]
Assombram das matas a imensa extensão.

São rudes, severos, sedentos de glória,
Já prélios[3] incitam, já cantam vitória,
Já meigos atendem à voz do cantor:
São todos Timbiras, guerreiros valentes!
Seu nome lá voa na boca das gentes,
Condão de prodígios, de glória e terror!

As tribos vizinhas, sem forças, sem brio,
As armas quebrando, lançando-as ao rio,
O incenso aspiraram dos seus maracás[4]:
Medrosos das guerras que os fortes acendem,
Custosos tributos ignavos[5] lá rendem,
Aos duros guerreiros sujeitos na paz.

No centro da taba se estende um terreiro,
Onde ora se aduna[6] o concílio guerreiro
Da tribo senhora, das tribos servis:
Os velhos sentados praticam d'outrora,
E os moços inquietos, que a festa enamora,
Derramam-se em torno d'um índio infeliz.

Quem é? – ninguém sabe: seu nome é ignoto[7],
Sua tribo não diz: – de um povo remoto
Descende por certo – d'um povo gentil;
Assim lá na Grécia ao escravo insulano
Tornavam distinto do vil muçulmano
As linhas corretas do nobre perfil.

1. Comunidade ou aldeia indígena
2. Multidões
3. Batalhas, combates, lutas
4. Chocalho indígena, usado nas cerimônias religiosas e guerreiras, que consiste numa cabaça seca e desprovida de miolo, na qual se metem pedras ou caroços
5. Preguiçosos
6. Reúne num todo, congrega
7. Desconhecido

Por casos de guerra caiu prisioneiro
Nas mãos dos Timbiras: – no extenso terreiro
Assola-se o teto, que o teve em prisão;
Convidam-se as tribos dos seus arredores,
Cuidosos se incumbem do vaso das cores,
Dos vários aprestos da honrosa função.

Acerva-se a lenha da vasta fogueira,
Entesa-se a corda de embira ligeira,
Adorna-se a maça com penas gentis:
A custo, entre as vagas do povo da aldeia
Caminha o Timbira, que a turba[8] rodeia,
Garboso nas plumas de vário matiz[9].

Entanto as mulheres com leda[10] trigança,
Afeitas ao rito da bárbara usança,
O índio já querem cativo acabar:
A coma lhe cortam, os membros lhe tingem,
Brilhante enduápe no corpo lhe cingem[11],
Sombreia-lhe a fronte gentil canitar[12].

II

Em fundos vasos d'alvacenta argila
Ferve o cauim[13];
Enchem-se as copas, o prazer começa,
Reina o festim.

O prisioneiro, cuja morte anseiam,
Sentado está,
O prisioneiro, que outro sol no ocaso[14]
Jamais verá!

---

8. Multidão
9. Conjunto de cores diversas bem combinadas
10. Alegre
11. Apertam
12. Adorno para cabeça, usado pelos índios em suas solenidades
13. Bebida fermentada, preparada com mandioca cozida
14. Desaparecimento do sol ou de astro ao sair do horizonte. Ocidente, poente

A dura corda, que lhe enlaça o colo,
Mostra-lhe o fim
Da vida escura, que será mais breve
Do que o festim!

Contudo os olhos d'ignóbil pranto
Secos estão;
Mudos os lábios não descerram queixas
Do coração.

Mas um martírio[15], que encobrir não pode,
Em rugas faz
A mentirosa placidez do rosto
Na fronte audaz!

Que tens, guerreiro? Que temor te assalta
No passo horrendo?
Honra das tabas que nascer te viram,
Folga morrendo.

Folga morrendo; porque além dos Andes
Revive o forte,
Que soube ufano[16] contrastar os medos
Da fria morte.

Rasteira grama, exposta ao sol, à chuva,
Lá murcha e pende:
Somente ao tronco, que devassa os ares,
O raio ofende!

Que foi? Tupã[17] mandou que ele caísse,
Como viveu;
E o caçador que o avistou prostrado[18]
Esmoreceu!

Que temes, ó guerreiro? Além dos Andes
Revive o forte,
Que soube ufano contrastar os medos
Da fria morte.

---

15. Sofrimento do mártir
16. Que se orgulha
17. Na mitologia tupi, o trovão, cultuado como divindade
18. Abatido

III

Em larga roda de novéis guerreiros
Ledo caminha o festival Timbira,
A quem do sacrifício cabe as honras.
Na fronte o canitar sacode em ondas,
O enduape[19] na cinta se embalança,
Na destra mão sopesa a iverapeme[20],
Orgulhoso e pujante[21]. – Ao menor passo
Colar d'alvo marfim, insígnia d'honra,
Que lhe orna o colo e o peito, ruge e freme,
Como que por feitiço não sabido
Encantadas ali as almas grandes
Dos vencidos Tapuias, inda chorem
Serem glória e brasão d'imigos feros.

"Eis-me aqui, diz ao índio prisioneiro;
"Pois que fraco, e sem tribo, e sem família,
"As nossas matas devassaste ousado,
"Morrerás morte vil da mão de um forte."

Vem a terreiro o mísero contrário;
Do colo à cinta a muçurana[22] desce:
"Dize-me quem és, teus feitos canta,
"Ou se mais te apraz[23], defende-te." Começa
O índio, que ao redor derrama os olhos,
Com triste voz que os ânimos comove.

---

19. Faixa de penas usada nas nádegas
20. Palavra indígena que define uma arma ofensiva usada pelos índios, feita de madeira semelhante a uma pequena espada, muito semelhante a um tacape
21. Que tem grande força
22. Corda com que os índios atavam os prisioneiros
23. Agrada

IV

Meu canto de morte,
Guerreiros, ouvi:
Sou filho das selvas,
Nas selvas cresci;
Guerreiros, descendo
Da tribo Tupi.

Da tribo pujante,
Que agora anda errante
Por fado inconstante,
Guerreiros, nasci:
Sou bravo, sou forte,
Sou filho do Norte;
Meu canto de morte,
Guerreiros, ouvi.

Já vi cruas brigas,
De tribos imigas,
E as duras fadigas
Da guerra provei;
Nas ondas mendaces[24]
Senti pelas faces
Os silvos fugaces[25]
Dos ventos que amei.

Andei longes terras,
Lidei cruas guerras,
Vaguei pelas serras
Dos vis Aimorés;
Vi lutas de bravos,
Vi fortes – escravos!
De estranhos ignavos
Calcados aos pés.

---

24. Falsas
25. Forma antiga de fugaz. Rápido

E os campos talados,
E os arcos quebrados,
E os piagas[26] coitados
Sem seus maracás;
E os meigos cantores,
Servindo a senhores,
Que vinham traidores,
Com mostras de paz.

Aos golpes do imigo
Meu último amigo,
Sem lar, sem abrigo
Caiu junto a mi!
Com plácido rosto,
Sereno e composto,
O acerbo[27] desgosto
Comigo sofri.

Meu pai a meu lado
Já cego e quebrado,
De penas ralado,
Firmava-se em mi:
Nós ambos, mesquinhos,
Por ínvios[28] caminhos,
Cobertos d'espinhos
Chegamos aqui!

O velho no entanto
Sofrendo já tanto
De fome e quebranto[29],
Só queria morrer!
Não mais me contenho,
Nas matas me embrenho,
Das frechas que tenho
Me quero valer.

---

26. O mesmo que pajé, chefe espiritual dos indígenas, misto de sacerdote, profeta e feiticeiro
27. Azedo e irritante ao paladar
28. Intransitáveis, que não dá passagem
29. Fraqueza

Então, forasteiro,
Caí prisioneiro
De um troço guerreiro
Com que me encontrei:
O cru dessossego
Do pai fraco e cego,
Enquanto não chego,
Qual seja – dizei!

Eu era o seu guia
Na noite sombria,
A só alegria
Que Deus lhe deixou:
Em mim se apoiava,
Em mim se firmava,
Em mim descansava,
Que filho lhe sou.

Ao velho coitado
De penas ralado,
Já cego e quebrado,
Que resta? - Morrer.
Enquanto descreve
O giro tão breve
Da vida que teve,
Deixa-me viver!

Não vil, não ignavo,
Mas forte, mas bravo,
Serei vosso escravo:
Aqui virei ter.
Guerreiros, não coro
Do pranto que choro;
Se a vida deploro[30],
Também sei morrer.

---

30. Lamento

V

Soltai-o! – diz o chefe. – Pasma a turba;
Os guerreiros murmuram: mal ouviram,
Nem pôde nunca um chefe dar tal ordem!
Brada segunda vez com voz mais alta,
Afrouxam-se as prisões, a embira cede,
A custo, sim; mas cede: o estranho é salvo.
– Timbira, diz o índio enternecido[31],
Solto apenas dos nós que o seguravam:
És um guerreiro ilustre, um grande chefe,
Tu que assim do meu mal te comoveste,
Nem sofres que, transposta a natureza,
Com olhos onde a luz já não cintila,
Chore a morte do filho o pai cansado,
Que somente por seu na voz conhece.
– És livre; parte.
– E voltarei.
– Debalde[32].
– Sim, voltarei, morto meu pai.
– Não voltes!
É bem feliz, se existe, em que não veja,
Que filho tem, qual chora: és livre; parte!
– Acaso tu supões que me acobardo,
Que receio morrer!
– És livre; parte!
– Ora não partirei; quero provar-te
Que um filho dos Tupis vive com honra,
E com honra maior, se acaso o vencem,
Da morte o passo glorioso afronta.

 – Mentiste, que um Tupi não chora nunca,
E tu choraste!... Parte; não queremos
Com carne vil enfraquecer os fortes.

Sobresteve[33] o Tupi: – arfando em ondas
O rebater do coração se ouvia
Precipite. - Do rosto afogueado
Gélidas bagas de suor corriam:

---
31. Movido a piedade ou compaixão
32. Que não apresenta resultado; que ocorre em vão; sem utilidade; inutilmente
33. Interrompeu

Talvez que o assaltava um pensamento...
Já não... que na enlutada fantasia,
Um pesar, um martírio ao mesmo tempo,
Do velho pai a moribunda imagem
Quase bradar-lhe ouvia: – Ingrato! ingrato!
Curvado o colo, taciturno[34] e frio,
Espectro[35] d'homem, penetrou no bosque!

....

VI

....

– Filho meu, onde estás?
– Ao vosso lado;
Aqui vos trago provisões: tomai-as,
As vossas forças restaurai perdidas,
E a caminho, e já!
– Tardaste muito!
Não era nado o sol, quando partiste,
E frouxo o seu calor já sinto agora!

– Sim, demorei-me a divagar sem rumo,
Perdi-me nestas matas intrincadas,
Reaviei-me e tornei; mas urge o tempo;
Convém partir, e já!
– Que novos males
Nos resta de sofrer? – que novas dores,
No outro fado pior Tupã nos guarda?
– As setas da aflição já se esgotaram,
Nem para novo golpe espaço intacto
Em nossos corpos resta.
– Mas tu tremes!
– Talvez do afã da caça...
– Oh filho caro!
Um quê misterioso aqui me fala,
Aqui no coração; piedosa fraude
Será por certo, que não mentes nunca!
Não conheces temor, e agora temes?
Vejo e sei: é Tupã que nos aflige,
E contra o seu querer não valem brios.

---
34. Sombrio
35. A imagem

Partamos!... –
E com mão trêmula, incerta
Procura o filho, tateando as trevas
Da sua noite lúgubre[36] e medonha.
Sentindo o acre[37] odor das frescas tintas,
Uma ideia fatal correu-lhe à mente...
Do filho os membros gélidos apalpa,
E a dolorosa maciez das plumas
Conhece estremecendo: – foge, volta,
Encontra sob as mãos o duro crânio,
Despido então do natural ornato[38]!...
Recua aflito e pávido[39], cobrindo
Às mãos ambas os olhos fulminados,
Como que teme ainda o triste velho
De ver, não mais cruel, porém mais clara,
Daquele exício[40] grande a imagem viva
Ante os olhos do corpo afigurada.

Não era que a verdade conhecesse
Inteira e tão cruel qual tinha sido;
Mas que funesto azar correra o filho,
Ele o via; ele o tinha ali presente;
E era de repetir-se a cada instante.
A dor passada, a previsão futura
E o presente tão negro, ali os tinha;
Ali no coração se concentrava,
Era num ponto só, mas era a morte!

– Tu prisioneiro, tu?
– Vós o dissestes.
– Dos índios?
– Sim.
– De que nação?
– Timbiras.
– E a muçurana funeral rompeste,
Dos falsos manitôs[41] quebraste a maça...
– Nada fiz... aqui estou.
– Nada! –

---

36. Triste, soturno, pavoroso, escuro
37. Cujo cheiro é forte e ativo
38. Enfeitar
39. Medroso
40. Grande número de mortes
41. Grande espírito

Emudecem;
Curto instante depois prossegue o velho:
– Tu és valente, bem o sei; confessa,
Fizeste-o, certo, ou já não foras vivo!

– Nada fiz; mas souberam da existência
De um pobre velho, que em mim só vivia...

– E depois?...
–Eis-me aqui.

–Fica essa taba?
– Na direção do sol, quando transmonta.
– Longe?
– Não muito.

– Tens razão: partamos.
– E quereis ir?...

– Na direção do ocaso.

....
VII
....

"Por amor de um triste velho,
Que ao termo fatal já chega,
Vós, guerreiros, concedestes
A vida a um prisioneiro.
Ação tão nobre vos honra,
Nem tão alta cortesia
Vi eu jamais praticada
Entre os Tupis, – e mas foram
Senhores em gentileza.

"Eu porém nunca vencido,
Nem os combates por armas,
Nem por nobreza nos atos;
Aqui venho, e o filho trago.
Vós o dizeis prisioneiro,
Seja assim como dizeis;

Mandai vir a lenha, o fogo,
A maça do sacrifício
E a muçurana ligeira:
Em tudo o rito se cumpra!
E quando eu for só na terra,
Certo acharei entre os vossos,
Que tão gentis se revelam,
Alguém que meus passos guie;
Alguém, que vendo o meu peito
Coberto de cicatrizes,
Tomando a vez de meu filho,
De haver-me por pai se ufane!"

Mas o chefe dos Timbiras,
Os sobrolhos[42] encrespando[43],
Ao velho Tupi guerreiro
Responde com torvo[44] acento:

– Nada farei do que dizes:
É teu filho imbele[45] e fraco!
Aviltaria[46] o triunfo
Da mais guerreira das tribos
Derramar seu ignóbil sangue:
Ele chorou de cobarde;
Nós outros, fortes Timbiras,
Só de heróis fazemos pasto. –

Do velho Tupi guerreiro
A surda voz na garganta
Faz ouvir uns sons confusos,
Como os rugidos de um tigre,
Que pouco a pouco se assanha[47]!

---

42. O mesmo que sobrancelha
43. Arrepiando
44. Sinistro e pavoroso
45. Incapaz de entrar em guerra
46. Ofenderia a dignidade
47. Irrita

VIII

"Tu choraste em presença da morte?
Na presença de estranhos choraste?
Não descende o cobarde do forte;
Pois choraste, meu filho não és!
Possas tu, descendente maldito
De uma tribo de nobres guerreiros,
Implorando cruéis forasteiros,
Seres presa de vis Aimorés.

"Possas tu, isolado na terra,
Sem arrimo e sem pátria vagando,
Rejeitado da morte na guerra,
Rejeitado dos homens na paz,
Ser das gentes o espectro execrado[48];
Não encontres amor nas mulheres,
Teus amigos, se amigos tiveres,
Tenham alma inconstante e falaz!

"Não encontres doçura no dia,
Nem as cores da aurora te ameiguem,
E entre as larvas da noite sombria
Nunca possas descanso gozar:
Não encontres um tronco, uma pedra,
Posta ao sol, posta às chuvas e aos ventos,
Padecendo os maiores tormentos,
Onde possas a fronte pousar.

"Que a teus passos a relva se torre;
Murchem prados[49], a flor desfaleça,
E o regato[50] que límpido corre,
Mais te acenda o vesano[51] furor;
Suas águas depressa se tornem,
Ao contacto dos lábios sedentos,
Lago impuro de vermes nojentos,
Donde fujas como asco e terror!

---
48. Abominável
49. Terreno coberto de plantas herbáceas que servem para forragem
50. Corrente de água pouco considerável; pequeno ribeiro, riacho, córrego, arroio
51. Delirante

"Sempre o céu, como um teto incendido,
Creste e punja teus membros malditos
E o oceano de pó denegrido
Seja a terra ao ignavo tupi!
Miserável, faminto, sedento,
Manitôs lhe não falem nos sonhos,
E do horror os espectros medonhos
Traga sempre o cobarde após si.

"Um amigo não tenhas piedoso
Que o teu corpo na terra embalsame[52],
Pondo em vaso d'argila cuidoso
Arco e frecha e tacape[53] a teus pés!
Sê maldito, e sozinho na terra;
Pois que a tanta vileza[54] chegaste,
Que em presença da morte choraste,
Tu, cobarde, meu filho não és."

IX

Isto dizendo, o miserando velho
A quem Tupã tamanha dor, tal fado
Já nos confins da vida reservara,
Vai com trêmulo pé, com as mãos já frias
Da sua noite escura as densas trevas
Palpando. – Alarma! alarma! – O velho para!
O grito que escutou é voz do filho,
Voz de guerra que ouviu já tantas vezes
Noutra quadra melhor. – Alarma! alarma!
– Esse momento só vale apagar-lhe
Os tão compridos trances, as angústias,
Que o frio coração lhe atormentaram
De guerreiro e de pai: – vale, e de sobra.
Ele que em tanta dor se contivera,
Tomado pelo súbito contraste,

---
52. Prepare um cadáver para resistir à corrupção
53. Arma ofensiva, espécie de clava usada pelos indígenas, nos sacrifícios humanos
54. Ação baixa e torpe

Desfaz-se agora em pranto copioso[55],
Que o exaurido[56] coração remoça[57].

A taba se alborota, os golpes descem,
Gritos, imprecações profundas soam,
Emaranhada a multidão braveja,
Revolve-se, enovela-se confusa,
E mais revolta em mor furor se acende.
E os sons dos golpes que incessantes fervem.
Vozes, gemidos, estertor[58] de morte
Vão longe pelas ermas serranias
Da humana tempestade propagando
Quantas vagas de povo enfurecido
Contra um rochedo vivo se quebravam.

Era ele, o Tupi; nem fora justo
Que a fama dos Tupis - o nome, a glória,
Aturado labor de tantos anos,
Derradeiro brasão da raça extinta,
De um jacto[59] e por um só se aniquilasse.
– Basta! clama o chefe dos Timbiras,
– Basta, guerreiro ilustre! assaz[60] lutaste,
E para o sacrifício é mister forças. –

O guerreiro parou, caiu nos braços
Do velho pai, que o cinge contra o peito,
Com lágrimas de júbilo bradando:
"Este, sim, que é meu filho muito amado!
"E pois que o acho enfim, qual sempre o tive,
"Corram livres as lágrimas que choro,
"Estas lágrimas, sim, que não desonram."

---

55. Em grande quantidade
56. Cansado
57. Rejuvenescer
58. Ruído da respiração do moribundo
59. De uma só vez
60. Suficientemente

X

Um velho Timbira, coberto de glória,
Guardou a memória
Do moço guerreiro, do velho Tupi!
E à noite, nas tabas, se alguém duvidava
Do que ele contava,
Dizia prudente: - "Meninos, eu vi!
"Eu vi o brioso[61] no largo terreiro
Cantar prisioneiro
Seu canto de morte, que nunca esqueci:
Valente, como era, chorou sem ter pejo[62];
Parece que o vejo,
Que o tenho nest'hora diante de mi.

"Eu disse comigo: Que infâmia d'escravo!
Pois não, era um bravo;
Valente e brioso, como ele, não vi!
E à fé que vos digo: parece-me encanto
Que quem chorou tanto,
Tivesse a coragem que tinha o Tupi!"

Assim o Timbira, coberto de glória,
Guardava a memória
Do moço guerreiro, do velho Tupi.
E à noite nas tabas, se alguém duvidava
Do que ele contava,
Tornava prudente: "Meninos, eu vi!"

---

61. Generoso
62. Vergonha

Os Timbiras

Gonçalves Dias

Introdução

Os ritos semibárbaros dos Piagas,
Cultores de Tupã, a terra virgem
Donde como dum trono, enfim se abriram
Da cruz de Cristo os piedosos braços;
As festas, e batalhas mal sangradas
Do povo Americano, agora extinto,
Hei de cantar na lira. – Evoco[63] a sombra
Do selvagem guerreiro!... Torvo o aspecto,
Severo e quase mudo, a lentos passos,
Caminha incerto, – o bipartido arco
Nas mãos sustenta, e dos despidos ombros
Pende-lhe a rota aljava[64]... as entornadas,
Agora inúteis setas, vão mostrando
A marcha triste e os passos mal seguros
De quem, na terra de seus pais, embalde
Procura asilo, e foge o humano trato.

Quem poderá, guerreiro, nos seus cantos
A voz dos piagas teus um só momento
Repetir; essa voz que nas montanhas
Valente retumbava, e dentro d'alma
Vos ia derramando arrojo[65] e brios,
Melhor que taças de cauim fortíssimo?!
Outra vez a chapada e o bosque ouviram
Dos filhos de Tupã a voz e os feitos
Dentro do circo, onde o fatal delito
Expia o malfadado prisioneiro,
Qu'enxerga a maça e sente a muçurana
Cingir-lhe os rins a enodoar-lhe o corpo:
E sós de os escutar mais forte acento
Haveriam de achar nos seus refolhos
O monte e a selva e novamente os ecos.

---

63. Chamo
64. Coldre ou recipiente para setas, geralmente transportado ao ombro
65. Atrevimento, ousadia; coragem

Como os sons do boré[66], soa o meu canto
Sagrado ao rudo povo americano:
Quem quer que a natureza estima e preza
E gosta ouvir as empoladas vagas
Bater gemendo as cavas penedias[67],
E o negro bosque sussurrando ao longe —
Escute-me. — Cantor modesto e humilde,
A fronte não cingi de mirto e louro,
Antes de verde rama engrinaldei-a,
D'agrestes flores enfeitando a lira;
Não me assentei nos cimos[68] do Parnaso[69],
Nem vi correr a linfa[70] da Castália.
Cantor das selvas, entre bravas matas
Áspero tronco da palmeira escolho.
Unido a ele soltarei meu canto,
Em quanto o vento nos palmares zune,
Rugindo os longos encontrados leques.

Nem só me escutareis fereza e mortes:
As lágrimas do orvalho por ventura
Da minha lira distendendo[71] as cordas,
Hão de em parte ameigar e embrandece-las.
Talvez o lenhador quando acomete
O tranco d'alto cedro corpulento,
Vem-lhe tingido o fio da segure
De puto mel, que abelhas fabricaram;
Talvez tão bem nas folhas qu'engrinaldo,
A acácia branca o seu candor derrame
E a flor do sassafraz[72] se estrele amiga.

---

66. Trombeta de taquara com que os indígenas acompanhavam as suas danças
67. Aglomerações de pedras grandes
68. Cume
69. Monte
70. Fluído aquoso dos vegetais
71. Estendendo muito
72. Nome de duas árvores lauráceas da América

Canto Primeiro

Sentado em sítio escuso descansava
Dos Timbiras o chefe em trono anoso,
Itajubá, o valente, o destemido
Acoçador das feras, o guerreiro
Fabricador das incansáveis lutas.
Seu pai, chefe também, também Timbira,
Chamava-se o Jaguar: dele era fama
Que os musculosos membros repeliam
A flecha sibilante[73], e que o seu crânio
Da maça aos tesos golpes não cedia.
Cria-se... e em que não crê o povo stulto?
Que um velho piaga na espelunca horrenda
Aquele encanto, inútil num cadáver,
Tirara ao pai defunto, e ao filho vivo
Inteiro o transmitira: é certo ao menos
Que durante uma noite juntos foram
O moço e o velho e o pálido cadáver.

Mas acertando um dia estar oculto
Num denso tabocal, onde perdera
Traços de fera, que rever cuidava,
Seta ligeira atravessou-lhe um braço.
Mão d'imigo traidor a disparara,
Ou fora algum dos seus, que receoso
Do mal causado, emudeceu prudente.

Relata o caso, irrefletido, o chefe.
Mal crido foi! — por abonar seu dito,
Redobra d'imprudência, — mostra aos olhos
A traiçoeira flecha, o braço e o sangue.
A fama voa, as tribos inimigas
Adunam-se, amotinam-se os guerreiros
E as bocas dizem: o Timbira é morto!
Outras emendam: Mal ferido sangra!
Do nome do Itajubá se despega
O medo, – um só desastre venha, e logo
Esse encanto vai prestes converter-se
Em riso e farsa das nações vizinhas!

---

73. Que produz um som agudo semelhante a um assobio

Os manitós, que moram pendurados
Nas tabas d'Itajubá, que as protejam:
O terror do seu nome já não vale,
Já defensão[74] não é dos seus guerreiros!

Dos Gamelas um chefe destemido,
Cioso d'alcançar renome e glória,
Vencendo a fama, que os sertões enchia,
Saiu primeiro a campo, armado e forte
Guedelha e ronco dos sertões imensos,
Guerreiros mil e mil vinham trás ele,
Cobrindo os montes e juncando as matas,
Com pejado carcaz de ervadas setas
Tingidas d'urucu, segundo a usança
Bárbara e fera, desgarrados gritos
Davam no meio das canções de guerra.

Chegou, e fez saber que era chegado
O rei das selvas a propor combate
Dos Timbiras ao chefe. — "A nós só caiba,
(Disse ele) a honra e a glória; entre nós ambos
Decida-se a questão do esforço e brios.
Estes, que vês, impávidos[75] guerreiros
São meus, que me obedecem; se me vences,
São teus; se és o vencido, os teus me sigam:
Aceita ou foge, que a vitória é minha."

Não fugirei, respondeu-lhe Itajubá,
Que os homens, meus iguais, encaram fito
O sol brilhante, e os não deslumbra o raio.

Serás, pois que me afrontas, torna o bárbaro
Do meu valor troféu, — e da vitória,
Qu'hei de certo alcançar, despojo opimo[76].
Nas tabas em que habito ora as mulheres
Tecem da sapucaia as longas cordas,
Que os pulsos teus hão de arrochar-te em breve;
E tu vil, e tu preso, e tu coberto
D'escárnio de d'irrrisão! – Cheio de glória,
Além dos Andes voará meu nome!

---

74. Proteção
75. Assustados
76. Armas do morto despojado pela própria mão do vencedor

O filho de Jaguar sorriu-se a furto:
Assim o pai sorri ao filho imberbe[77],
Que, desprezado o arco seu pequeno,
Talhado para aquelas mãos sem forças,
Tenta doutro maior curvar as pontas,
Que vezes três o mede em toda altura!

Travaram luta fera os dois guerreiros,
Primeiro ambos de longe as setas vibram,
Amigos manitôs, que ambos protegem,
Nos ares as desgarram, Do Gamela
Entrou a fecha trêmula num tronco
E só parou no cerne[78], a do Timbira,
Cicando veloz, fugiu mais longe,
Roçando[79] apenas os frondosos cimos
Encontraram-se valentes: braço a braço,
Alentando açodados[80], peito a peito,
Revolvem fundo a terra aos pés, e ao longe
Rouqueja o peito arfado um som confuso.

Cena vistosa! quadro aparatoso!
Guerreiros velhos, à vitória afeitos,
Tamanhos campeões vendo n'arena,
E a luta horrível e o combate aceso,
Mudos quedaram de terror transidos.
Qual daqueles heróis há de primeiro
Sentir o egrégio[81] esforço abandoná-lo
Perguntam; mas não há quem lhes responda.

São ambos fortes: o Timbira hardido,
Esbelto como o tronco da palmeira,
Flexível como a flecha bem talhada,
Ostenta-se robusto o rei das selvas;
Seu corpo musculoso, imenso e forte
É como rocha enorme, que desaba
De serra altiva, e cai no vale inteira
Não vale humana força desprendê-la
Dali, onde ela está: fugaz corisco
Bate-lhe a calva fronte sem partí-la.

---

77. Que não tem barba
78. Parte interior e mais dura do tronco das árvores
79. Tocar levemente
80. Apressados
81. Que inspira grande admiração

Separam-se os guerreiros um do outro,
Foi dum o pensamento, – a ação foi d'ambos.
Ambos arquejam, descoberto o peito
Arfa, estua, eleva-se, comprime-se
E o ar em ondas sôfregos respiram
Cada qual, mais pasmado que medroso
Se estranha a força que no outro encontra,
A mal cuidada resistência o irrita.
Itajubá! Itajubá! – os seus exclamam
Guerreiro, tal como ele, se descora
Um só momento, é dar-se por vencido
O filho de Jaguar voltou-se rápido
Donde essa voz partiu? quem no aguilhoa[82]?
Raiva de tigre anuviou-lhe o rosto
E os olhos cor de sangue irados pulam

"A tua vida a minha glória insulta!
Grita ao rival, e já de mais viveste."
Disse, e como o condor, descendo a prumo
Dos astros, sobre o lhama descuidoso
Pávido o prende nas torcidas garras,
E sobe audaz onde não chega o raio...
Voa Itajubá sobre o rei das selvas,
Cinge-o nos braços, contra si o aperta
Com força incrível: o colosso[83] verga,
Inclina-se, desaba, cai de chofre,
E o pó levanta e atroa forte os ecos.
Assim cai na floresta um tronco anoso,
E o som da queda se propaga ao longe!
O fero vencedor um pé alçando,
Morre! – lhe brada – e o nome teu contigo!
O pé desceu, batendo a arca do peito
Do exânime[84] vencido: os olhos turvos,
Levou, a extrema vez, o desditoso
Àqueles céus d'azul, àquelas matas,
Doce cobertas de verdura e flores!

---

82. Aquilo que causa sofrimento
83. Pessoa muito corpulenta
84. Desfalecido, desmaiado

Depois, erguendo o esquálido cadáver
Sobre a cabeça, horrivelmente belo,
Aos seus o mostra ensanguentado e torpe[85];
Então por vezes três o horrendo grito
Do triunfo soltou; e os seus três vezes
O mesmo grito em coro repetiram
Aquela massa enfim côa nos ares;
Porem na destra do feliz guerreiro
Dividem-se entre os dedos as melenas,
De cujo crânio marejava o sangue!

Transbordando ufania do sucesso
Inda recente, recordava as fases
Orgulhos o guerreiro! Ainda escuta
A dura voz, inda a figura avista
Desse, que ousou atravessar-lhe as sanhas:
Lembra-se! e da lembrança grato enlevo
Lhe côa n'alma em fogo: longos olhos
Em quanto assim medita, vai levando
Por onde o rio, em tortuosos giros,
Queixoso lambe as empedradas margens.
Assim o jugo seu não escorjassem
Tredos Gamelas co'a noturna fuga!
Pérfidos! O herói jurou vingar-se!
Tremei! qu'há de o valente debelar-vos!
E em quanto segue o céu, e o rio, e as selvas,
Crescem-lhe brios, força, — alteia o colo,
Fita orgulhos a terra, onde não acha,
Nem crê achar quem lhe resista; eis nisto
Reconhece um dos seus, que pressuroso
Corre a encontrá-lo, – rápido caminha;
Porém d'instante a instante, d'enfiado
Volta o pávido rosto, onde se pinta
O susto vil, que denuncia o fraco.
– Ó filho de Jaguar – de longe brada,
Neste aperto nos vale, – ei-los se avançam
Pujantes contra nós, tão bastos, tantos,
Como enredados troncos na floresta.

---
85. Sórdido

Tu sempre tremes, Jurucei, tornou-lhe
Com voz tranquila e majestosa o chefe.
O mel, que em falas sem cessar distilas,
Tolhe-te o esforço e te enfraquece a vista:

Amigos são talvez, amigas tribos,
Algum chefe, que tem conosco as armas,
Em sinal d'aliança, espedaçado:
Vem talvez festejar o meu triunfo,
E os seus cantores celebrar meu nome.

"Não! Não! ouvi o som triste e sonoro
Sas igaras[86], rompendo a custo as águas
Dos remos manejados a compasso,
E os sons guerreiros do boré, e os cantos
Do combate; parece, d'irritado,
Tão grande peso agora a flor lhe corta,
Que o rio vai sorver as altas margens".

E são Gamelas? – perguntou-lhe o chefe.
"Vi-os, tornou-lhe Jurucei, são eles!"
O chefe dos Timbiras dentro d'alma
Sentiu ódio e vingança remordê-lo.
Rugiu a tempestade, mas lá dentro,
Cá fora retumbou, mas quase extinta.
Começa então com voz cavada e surda.

Irás tu, Jurucei, por mim dizer-lhes:
Itajubá, o valente, o rei da guerra,
Fabricador das incansáveis lutas,
Em quanto a maça não sopesa em quanto
Dormem-lhe as setas no carcaz imóveis,
Of'rece-vos liança e paz; – não ama,
Tigre repleto, espedaçar mais presas,
Nem quer dos vossos derramar mais sangue.
Três grandes Tabas, onde heróis pululam,
Tantos e mais que vós, tanto e mais bravos,
Caídas a seus pés, a voz lhe escutam.
Vós outros, atendei, – cortai nas matas
Troncos robustos e frondosas palmas,
E construí cabanas, – onde o corpo
Caiu do rei das selvas, – onde o sangue
Daquele herói, vossa perfídia[87] atesta.

---
86. Pequena canoa feita geralmente de um tronco de árvore escavada
87. Deslealdade

Aquela briga enfim de dois, tamanhos,
Sinalai; por que estranho caminheiro,
Amigas vendo e juntas nossas tabas,
E a fé, que usais guardar, sabendo, exclamem:
Vejo um povo de heróis e um grande chefe!

Disse: e vingando o cimo d'alto monte,
Que em roda largo espaço dominava,
O atroador membi soprou com força.
O tronco, o arbusto, a moita, a rocha, a pedra,
Convertem-se em guerreiros. – Mais depressa,
Quando soa o clarim, núncio de guerra,
Não sopra, e escava a terra, e o ar divide
Co'as crinas flutuantes, o ginete,
Impávido, orgulhoso, em campo aberto.

Da montanha Itajubá os vê sorrindo,
Galgando vales, combros[88], serranias,
Coalhando o ar e o céu de feios gritos.
E folga, por que os vê correr tão prestes
Aos sons do cavo búzio conhecido,
Já tantas vezes repetidos antes
Por vales e por serras; já não pode
Numerá-los, de tantos que se apinham[89];
Mas vendo-os, reconhece o vulto e as armas
Dos seus: "Tupã sorri-se lá dos astros,
– Diz o chefe entre si, – lá, descuidosos
Das folganças de Ibaque, heróis timbiras
Contemplam-me, das nuvens debruçados:
E por ventura de lhes ser eu filho
Enlevam-se, e repetem, não sem glória,
Os seus cantores d'Itajubá o nome.

Vem primeiro Jucá de fero aspecto.
Duma onça bicolor cai-lhe na fronte
A pel' vistosa; sob as hirtas cerdas,
Como sorrindo, alvejam brancos dentes,
E nas vazias órbitas lampejam
Dois olhos, fulvos, maus. – No bosque, um dia,
A traiçoeira fera a cauda enrosca
E mira nele o pulo; do tacape
Jucá desprende o golpe, e furta o corpo;

---

88. Pequena elevação isolada de terreno
89. Empilham

Onde estavam seus pés, as duras garras
Encravavam-se enganadas, e onde as garras
Morderam, beija a terra a fera exangue
E, morta, ao vencedor tributa um nome.

Vem depois Jacaré, senhor dos rios,
Ita-roca indomável, – Catucaba,
Primeiro sempre no combate, – o forte
Juçurana, – Poti ligeiro e destro,
O tardo Japeguá, – o sempre aflito
Piaíba, que espíritos perseguem:
Mojacá, Mopereba, irmãos nas armas,
Sempre unidos, ninguém não foi como eles!
Lagos de sangue derramaram juntos;
Filhos e pais e mães d'imigas tabas
Odeiam-nos chorando, e a glória d'ambos,
Assim chorada, mais e mais se exalta:
Samotim, Pirajá, e outros infindos,
Heróis também, aos quais faltou somente
Nação menor, menos guerreira tribo.

Japi, o atirador, quando escutava
Os sons guerreiros do membi troante,
Na tesa corda flecha embebe inteira,
E mira um javali que os alvos dentes,
Navalhados, remove: pára, escuta...
Volvem-lhe os mesmos sons: Bate-lhe o peito
Os olhos pulam, – solta horrendo grito,
Arranca e roça a fera!... A fera atônita[90],
Aterrada, transida, treme, erriça
As duras cerdas; tiritante, pávida,
Esgazeando os olhos fascinados,
Recua: um tronco só lhe embarga os passos.
Por longo trato, de si mesma alheia,
Demora-se, lembrada: a custo o sangue
Volve de novo ao costumado giro,
Em quando o vulto horrendo se recorda!

"Mas onde está Jatir? – pergunta o chefe,
Que debalde o procura entre os que o cercam:
Jatir, dos olhos negros, que me luzem,
Melhor que o sol nascendo, dentro d'alma;
Jatir, que aos chefes todos anteponho,

---

90. Acometida por uma sensação de espanto ou de admiração

Cuja bravura e temerário arrojo
Folgo em reger e moderar nos prélios;
Esse, porque não vem, quando vos vindes?"
– Corre Jatir no bosque, diz um chefe
Bem sabes como: acinte se desgarra
Dos nossos, – andal só, talvez sem armas,
Talvez bem longe: acordo nele é certo,
Creio, de nos tachar assim de fracos! –
Pais de Jatir, Ogib, entrara em anos;
Grosseiro cedro mal lhe afirma os passos,
Os olhos pouco veem; mas de conselho
Valioso e prestante. Ali, mil vezes,
Havia com prudência temperado
O juvenil ardor dos seus, que o ouviam.
Alheio agora da prudência, escuta
A voz que o filho amado lhe crimina.
Sopra-lhe o dizer acre a cinza quente,
Viva, acesa, antes brasa, – o amor paterno:
Amor inda tão forte na velhice,
Como no dia venturoso, quando
Cendi, que os olhos seus só viram bela,
Sorrindo luz de amor dos meigos olhos,
Carinhosa lho deu; quando na rede
Ouvia com prazer ass ledas vozes
Dos companheiros seus, – e quando absorto,
Olhos pregados no gentil menino,
Bem longas horas, sim, porém bem doces
Levou cismando aventuradas sinas.
Ali o tinha, ali meigo e risonho
Aqueles tenros braços levantava;
Aqueles olhos límpidos se abriam
À luz da vida: cândido sorriso,
Como o sorrir da flor no romper d'alva,
Radiava-lhe o rosto: quem julgara,
Quem poderá aventar, supor ao menos
Haverem de apertar-se aqueles braços
Tão mimosos, um dia, contra o peito
Arquejante e cansado, – e aqueles olhos
Verterem pranto amargo em soledade?
Incrível! – porém lágrimas cresceram-lhe
Dos olhos, – lá tombou-lhe uma, das faces
No filho, em cujo rosto um beijo a enxuga.
Agora, Ogib, alheio da prudência,

Que ensina, imputações[91] tão más ouvindo
Contra o filho querido, acre responde.

"São torpes os anuns que em bandos folgam,
São maus os caitetus, que em varas pascem,
Somente o sabiá geme sozinho,
E sozinho o Condor aos céus remonta.
Folga Jatir de só viver consigo:
Em bem, que tens agora que dizer-lhe?
Esmaga o seu tacape a quem vos prende,
A quem vos dana, afoga entre os seus braços,
E em quem vos acomete, emprega as setas.
Fraco! não temes já que te não falte
O primeiro entre vós, Jatir, meu filho?"

Despeitoso Itajubá, ouvindo um nome.
Embora o de Jatir, apregoado[92]
Melhor, maior que o seu, a testa enruga
E diz severo aos dois qu'inda argumentam

Mais respeito, mancebo, ao sábio velho,
Qu'éramos nós crianças, manejava
A seta e o arco em defensão dos nossos.
Tu, velho, mais prudência. Entre nós todos
O primeiro sou eu: Jatir, teu filho,
E forte e bravo; porém novo. Eu mesmo
Gabo-lhe o porte e a gentileza; e aos feitos
Novéis aplaudo: bem maneja o arco,
Vibra certeira a flecha; mas... (sorrindo
Prossegue) afora dele inda há quem saiba
Mover tão bem as armas, e nos braços
Robustos, afogar fortes guerreiros.
Jatir virá, senão... serei convosco.
(Disse voltado para os seus, que o cercam)
E bem sabeis que vos não falto eu nunca.

Altercam[93] eles nas ruidosas tabas,
Em quanto Jurucei com pé ligeiro
Caminha: as aves docemente atitam,
De ramo em ramo – docemente o bosque
À medo rumoreja, – à medo o rio
Escoa-se e murmura: um burburinho,

---
91. Acusação cuja fundamentação pode ou não existir
92. Notório
93. Discutem

Confuso se propaga, – um rio incerto
Dilata-se do sol doirando o ocaso.
Último som que morre, último raio
De luz, que treme incerta, quantos entes
Oh! hão de ver a luz de novo
E o romper d'alva, e os céus, e a natureza
Risonha e fresca, -- e os sons, e os ledos cantos
Ouvir das aves tímidas no bosque
Outra vez ao surgir da nova aurora?!

Canto Segundo

Desdobra-se da noite o manto escuro:
Leve brisa subtil pela floresta
Enreda-se e murmura, – amplo silêncio
Reina por fim. Nem saberás tu como
Essa imagem da morte é triste e torva[94].
Se nunca, a sós contigo, a pressentisse
Longe deste zunir da turba inquieta.
No ermo, sim; procura o ermo e as selvas...
Escuta o som final, o extremo alento,
Que exala em fins do dia a natureza!
O pensamento, que incessante voa,
Vai do som à mudez, da luz às sombras
E da terra sem flor, ao céu sem astro.
Simelha a graça luz, qu'inda vacila
Quando, em ledo sarau, o extremo acorde
No deserto salão geme, e se apaga!

Era pujante o chefe dos Timbiras,
Sem conto seus guerreiros, três as tabas,
Opimas, – uma e uma derramadas
Em giro, como dança dos guerreiros.
Quem não folgara de as achar nas matas!
Três flores em três hastes diferentes
Num mesmo tronco, – três irmãs formosas
Por um laço de amor ali prendidas
No ermo; mas vivendo aventuradas?
Deu-lhes assento o herói entre dois montes,
Em chã copada de frondosos bosques.
Ali o cajazeiro[95] as perfumava,
O cajueiro, na estação das flores,
De vivo sangue marchetava as folhas?
As mangas, curvas à feição de um arco,
Beijavam-lhes o teto; a sapucaia
Lambia a terra, – em graciosos laços
Doces maracujás de espessas ramas
Sorriam-se pendentes; o pau-d'arco

---
94. Perturba
95. Árvore anacardiácea

Fabricava um dossel de cróceas flores,
E as parasitas de matiz brilhante
A úsnea das palmeiras estrelavam!

Quadro risonho e grande, em que não fosse
Em granito eu em mármore talhado!
Nem palácios, nem Torres avistaras,
Nem castelos que os anos vão comento,
Nem grimpas, nem zimbórios, nem feituras
Em pedra, que os humanos tanto exaltam!
Rudas palhoças só! que mais carece
Quem há de ter somente um sol de vida,
Jazendo negro pó antes do ocaso?
Que mais? Tão bem a dor há de sentar-se
E a morte revoar[96] tão solta em gritos
Ali, como nos átrios dos senhores.
Tão bem a compaixão há de cobrir-se
De dó, limpando as lágrimas do aflito.
Incerteza voraz, tímida esp'rança,
Desejo, inquietação também lá moram;
Que sobra pois em nós, que falta neles?

De Itajubá separam-se os guerreiros;
Mudos, às portas das sombrias tabas,
Imóveis, nem que fossem duros troncos,
Pensativos meditam: Já da guerra
Nada receiam, que Itajubá os manda?
O encanto, os manitôs inda o protege,
Vela tupã sobre ele, e os santos piagas
Comprida série de floridas quadras
Ver lhe asseguram: nem de há pouco a luta,
Melhor dissertas de renome ensejo,
Os desmentiu, que nunca os piagas mentem.
Medo, certo, não têm; são todos bravos!
Por que meditam pois? Também não sabem!

Sai o piaga no entanto da caverna,
Que nunca humanos olhos penetraram
Com ligeiro cendal os rins aperta,
Cocar de escuras plumas se debruça
Da fronte, em que se enxerga em fundas rugas
O tenaz pensamento afigurado.
Cercam-lhe os pulsos cascavéis loquazes,

---

96. Tornar a voar

Respondem outros, no tripúdio sacro dos pés.
Vem majestoso, e grave, e cheio
Do Deus, que o peito seu, tão fraco, habita.
E em quanto o fumo lhe volteia em torno,
Como neblina em torno ao sol que nasce,
Ruidoso maracá nas mãos sustenta,
Solta do sacro rito os sons cadentes.

***

"Visita-nos Tupã, quando dormimos,
É só por seu querer que estão sonhamos/
Escute-me Tupã! Sobre vós outros,
Poder do maracá por mim tangido,
Os sonhos desçam, quando o orvalho desce.
"O poder de Anhangá cresce co'a noite;
Sota de noite o mau seus maus ministros:
Caraibebes na floresta acendem
A falsa luz, que o caçador transvia.
Caraibebes enganosas formas
Dão-nos aos sonhos, quando nós sonhamos.
Poder do fumo, que lhes quebra o encanto,
De vós se partam; mas Tupã vos olhe,
Descendo os sonhos, quando o orvalho desce.

"O sonho e a vida são dois galhos gêmeos;
São dois irmãos quer um laço amigo aperta:
A noite é o laço; mas Tupã é o troco
E a seve e o sagui que circula em ambos.
Vive melhor que da existência ignaro,
Na paz da noite, novas forças cria.
O louco vive com aferro, em quanto
N'alma lhe ondeiam do delírio as sombras,
De vida espúrias[97]; Deus porém lhas rompe
E na loucura do porvir no fala!
Tupã vos olhe, e sobre vós do Ibaque
Os sonhos desçam, quando o orvalho desce!"

Assim cantava o piaga merencório[98],
Tangia o maracá, dançava em roda
Dos guerreiros: poderá ouvido atento
Os sons finais da lúgubre toada

---
97. Imundas
98. Triste, melancólico

Na plácida mudez da noite amiga
De longe, em coro ouvir? "Sobre nós outros
Os sonos desçam, quando o orvalho desce."

Calou-se o piaga, ka descansam todos!
Almo Tupã os comunique em sonhos,
E os que sabem tão bem vencer batalhas
Quando acordados malbaratam[99] golpes
Saibam dormidos figurar triunfos!

Mas que medita o chefe dos Timbiras?
Bosqueja[100] por ventura ardis de guerra,
Fabrica e enreda as ásperas ciladas,
E a olhos nus do pensamento enxerga
Desfeita em sangue revolver-se em gritos
Morte pávida e má?! ou sente e avista,
Escandecida a mente, o Deus da guerra
Impávido Aresqui, sanhudo e forte,
Calcar aos pés cadáveres sem conto,
Na destra ingente sacudindo a maça,
Donde certeira como o raio, desce
A morte, e banha-se orgulhosa – em sangue?

Al sente o bravo; outro pensar o ocupa!
Nem Aresqui, nem sangue se lhe antolha[101],
Nem resolve consigo ardis de guerra,
Nem combates, nem lágrimas medita:
Sentiu calar-lhe n'alma em sentimento
Gelado e mudo, como o véu da noite.
Jatir, dos olhos negros, onde para?
Que faz que lida: ou que fortuna corre?
Três sóis já são passados: quanto espaço,
Quanto azar não correu nos amplos bosques
O impróvido mancebo aventureiro?
Ali na relva a cascavel se esconde,
Ali, das ramas debruçado, o tigre
Aferra traiçoeiro a presa incauta!
Reserve-lhe Tupã mais fama e glória,
E voz amiga de cantor suave
C'os altos feitos lhe embalsame o nome!

---

99. Dissiparam
100. Esboça, traceja
101. Representa

Assim discorre o chefe, que em nodoso
Tronco rudo-lavrado se recosta?
Não tem poder a noite em seus sentidos,
Que a mesma ideia de contínuo volvem.
Vela e treme nos tetos da cabana
A baça luz das resinosas tochas,
Acres perfumes recendendo; – alastram
De rubins cor de brasa a flor do rio!

"Ouvira com prazer um triste canto,
Diz lá consigo; um canto merencório.
Que este presságio fúnebre espancasse.
Bem sinto um não se que aferventar-se-me
Nos olhos, que vai prestes expandir-se:
Não sei chorar, bem sei; mas fora grato,
Talvez bem grato! À noite, e a sós comigo
Sentir macias lágrimas correndo.
O talo agreste de um cipó em graça
Verte compridas lágrimas cortado
O tronco do cajá desfaz-se em goma,
Suspira o vento, o passarinho canta,
O homem cora! eu só, mais desditoso,
Invejo o passarinho, o tronco, o arbusto,
E quem, feliz, de lágrimas se paga"

Longo espaço depois falou consigo,
Mudo e sombrio: "Sabiá das matas,
Croá (diz ele ao filho d'Iandiroba)
As mais canoras aves, as mais tristes
No bosque, a suspirar contigo aprendam.
Canta, pois que trocara de bom grado
Os altos feitos pelos doces carmes
Quem quer que os escutou, mesmo Itajubá.

Eudeceu: na taba quase escura,
Com pé alterno a dança vagarosa,
Aos sons do maracá, traçava os passos.
"Flor de beleza, luz de amor, Coema,
Murmurava o cantor, onde te foste,
Tão doce e bela, quanto o sol raiava?
Coema, quanto amor que nos deixaste?
Eras tão meiga, teu sorrir tão brando,
Tão macios teus olhos! teus acentos
Cantar perene, tua voz gorjeios

Ruas palavras mel! O romper d'alva,
Se encantos punha a par dos teus encantos
Tentava embalde pleitear contigo!
Não tinha a ema porte mais soberbo,
Nem com mais graça recurvava o colo!
Coema, luz de amor, onde te foste?

"Amava-te o melhor, o mais guerreiro
Dentre nós? elegeu-te companheira,
A ti somente, que só tu achavas
Sorriso e graça na presença dele
Flor, que nasceste no musgoso[102] cedro,
Cobravas páreas de abundante seiva,
Tinhas abrigo e proteção das ramas...
Que vendaval te despegou do tronco,
E ao longe, em pó, te esperdiçou no vale?
Coema, luz de amor, flor de beleza,
Onde te foste, quando o sol raiava?

"Anhangá rebocou estreita igara
Contra a corrente: Orapacém vem nela,
Orapacém, Tupinambá famoso
Conta prodígios duma raça estranha,
Tão alva como o dia, quando nasce,
Ou como a areia cândida e luzente,
Que as águas dum regato sempre lavam.
Raça, quem os raios prontos servem,
E o trovão e o relâmpago acompanham
Já de Orapacém os mais guerreiros
Mordem o pó, e as tabas feitas cinza
Clamam vingança em vão contra os estranhos.
Talvez d'outros estranhos perseguidos,
Em punição talvez d'atroz delito.
Orapacém, fugindo, brada sempre:
Mair! Mair! Tupã! – Terror que mostra,
Brados que solta, e as derrocadas tabas,
Desde Tapuitapera alto proclamam
Do vencedor a indômita pujança.
Ai! não viesse nunca as nossas tabas
O tapuia mendaz, que os bravos feitos
Narrava do Mair; nunca os ouviras,
Flor de beleza, luz de amor, Coema!

---

102. Que tem musgo

"A cega desventura, nunca ouvida,
Nos move à compaixão: prestes corremos
Com ledo gasalhado a restaurá-los
Da vil dureza do seu fado: dormem
Nas nossas redes diligentes vamos
Colher-lhes frutos, – descansados folgam
Nas nossas tabas? Itajubá mesmo
Of'rece abrigo ao palrador tapuia!
Hospedes são, nos diz; Tupã os manda:
Os filhos de tupã serão bem vindos,
Onde Itajubá impera! – Ao que não eram,
Nem filhos de Tupã, nem gratos hóspedes
Os vis que o rio, a custo, nos trouxera;
Antes dolosa resfriada serpe
Que ao nosso lar creou vida e peçonha.
Quem nunca os vira! porem tu, Coema,
Leda avezinha, que adejavas livre,
Asas da cor da prata ao sol abrindo,
A serpente cruel porque fitaste,
Se já do olhado mau sentias pejo?!

"Ouvimos, uma vez, da noite em meio,
Voz de aflita mulher pedir socorro
/e em tom sumido lastimar-se ao longe.
Opacém! – bradou feroz três vezes
O filho de Jaguar: clamou debalde.
Somente acode o eco à voz irada,
Quando ele o malfeitor no instinto enxerga.
Em sanhas rompe o chefe hospitaleiro,
E tenta com afã chegar ao termo,
Donde as querelas míseras partiam.
Chegou – já tarde! – nós, mais tardos inda,
Assistimos ao súbito espetáculo!

"Queimam-se raros fogos nas desertas
Margens do rio, quase imerso em trevas:
Afadigados no labor noturno,
Os traiçoeiros hóspedes caminham,
Pejando à pressa as côncavas igaras.
Longe, Coema, a doce flor dos bosques,
Com voz de embrandecer duros penhascos,
Suplica e roja em vão aos pés do fero,
Caviloso[103] tapuia! Não resiste

---
103. Manhoso, fingido

Ao fogo da paixão, que dentro lavra,
O bárbaro, que a viu, que a vê tão bela!

"Vai arrastá-la, – quando sente uns passos
Rápidos, breves, – volta-se: – Itajubá!
Grita; e os seus, medrosos, receando
A perigosa luz, os fogos matam.
Mas, no extremo clarão que eles soltaram,
Viu-se Itajubá com seu arco em punho,
Calculando a distância, a força e o tiro:
Era grande a distância, a força imensa...

"E a raiva incrível, continua o chefe,
A antiga cicatriz sentindo abrir-se!
Ficou-me o arco em dois nas mãos partido,
E a frecha vil caiu-me sãos pés sem força."
E assim dizendo nos cerrados punhos
De novo pensativo a fronte oprime.

"Sim, tornava o Cantor, Imenso e forte
Devera o arco ser, que entre nós todos
Só um achou, que lhe vergasse as pontas,
Quando Jaguar morreu! – partiu-se o arco!
Depois ouviu-se um grito, após ruído,
Que as águas fazem no tombar de um corpo;
Depois – silêncio e trevas...
– "Nessas trevas,
Replicava Itajubá, – inteira a noite,
Louco vaguei, corri d'encontro as rochas,
Meu corpo lacerei nos espinheiros,
Mordi sem tino a terra já cansado:
Soluçavam porém meus frouxos lábios
O nome dela tão querido, e o nome...
Aos vis Tupinambás nunca os eu veja,
Ou morra, antes de mim, meu nome e glória
Se os não hei de punir ao recordar-me
A aurora infausta[104] que me trouxe aos olhos
O cadáver..." Parou, que a estreita gorja[105]
Recusa aos cavos sons prestar acento.

---

104. Que não é próspera
105. Garganta

"Descansa agora o pálido cadáver,
Continua o cantor junto à corrente
So regato, que volve areias d'ouro.
Ali agrestes flores lhe matizão
O modesto sepulcro, – aves canoras
Descantam tristes nênias so compasso
Das águas, que também nênia soluçam

"Suspirada Coema, em paz descansa
No teu florido e fúnebre jazigo;
Mas quando a noite dominar no espaço,
Quando a lua coar úmidos raios
Por entre as densas, buliçosas ramas,
Da cândida neblina veste as formas,
E vem no bosque suspirar co'a brisa:
Ao guerreiro, que dorme, inspira sonhos,
E à virgem, que adormece, amor inspira."

Calou-se o maracá rugiu de novo
A extrema vez, e jaz emudecido.
Mas no remanso[106] do silêncio e trevas,
Como débil vagido[107], escutarias
Queixosa voz, que repetia em sonhos:
"Veste, Coema, as formas da neblina,
Ou vem nos raios trêmulos da lua
Cantar, viver e suspirar comigo."

***

Ogib, o velho pai do aventureiro
Jatir, não dorme nos vazios tetos:
Do filho ausente prendem-no cuidados;
Vela cansado e triste o pai coitado,
Lembrando-se desastres que passaram
Improvidos, no bosque pernoitando.
E vela, – e a mente aflita mais se enluta,
Quanto mais cresce a noite e as trevas crescem!
Já tarde, sente uns passos apressados,
Medindo a taba escura; o velho treme,
Estende a mão convulsa, e roça um corpo
Molhado e tiritante: a voz lhe falta...
Atende largo espaço, até que escuta

---

106. Descanso
107. Lamento, gemido

A voz do sempre aflito Piaíba,
Ao pé do fogo extinto lastimar-se.

"O louco Piaíba, a noite inteira,
Andou nas matas; miserando sofre;
O corpo tem aberto em fundas chagas,
E o orvalho gotejou fogo sobre elas;
Como o verme na fruta, um Deus maligno
Lhe mora na cabeça, oh! quanto sofre!
"Em quanto o velho Ogib está dormindo,
Vou-me aquecer;
O fogo é bom, o fogo aquece muito;
Tira o sofrer.
Em quanto o velho dorme, não me expulsa
D'ao pé do lar;
Dou-lhe a mensagem, que me deu a morte,
Quando acordar! Eu via a morte: vi-a bem de perto
Em hora má!
Vi-a de perto, não me quis consigo,
Por ser tão má.
Só não tem coração, dizem os velhos,
E é bem de ver;
Que, se o tivera, me daria a morte,
Que é meu querer.
Não quis matar-me; mas é bem formosa;
Eu vi-a bem:
É como a virgem, que não tem amores,
Nem ódios tem...
O fogo é bom, o fogo aquece muito,
Quero-lhe bem!"

Remexe, assim dizendo, as frias cinzas
E mais e mais conchega-se o borralho[108].
O velho entanto, erguido a meio corpo
Na rede, escuta pávido, e tirita
De frio e medo, – quase igual delírio
Castiga-lhe as ideias transtornadas.

"Já me não lembra o que me disse a morte!...
Ah! sim, já sei!
–Junto ao sepulcro da fiel Coema,
Ali serei:
Ogib emprazo, que a falar me venha

---

108. Cinzas quentes

Ao anoitecer! – O velho Ogib há-de ficar contente
Co'o meu dizer;
Talvez que o velho, que viveu já muito,
Queira morrer!"
Emudeceu: alfim tornou mais brando.
"Mas dizem que a morte procura mancebos,
Porém tal não é:
Que colhe as florinhas abertas de fresco
E os frutos no pé?!...
Não, não, que só ama sem folha as flores,
E sem perfeição;
E os frutos perdidos, que apanha golosa,
Caídos no chão.
Também me não lembra que tempo hei vivido,
Nem por que razão
Da morte me queixo, que vejo, e não vê-me,
Tão sem compaixão."
As ânsias não vencendo, que o soçobram[109]
Salta da curva rede Ogib aflito;
Trêmulo as trevas apalpando, topa,
E roja miserando aos pés do louco.

"Oh! dize-me, se a viste, e se em tua alma
Algum sentir humano inda se aninha,
Jatir, que é feito dele? Disse a morte
Haver-me cubiçado o moço imberbe,
A cara luz dos meus cansados olhos:
Oh dize-o! Assim o espírito inimigo
Folgados anos respirar te deixe!"
O louco ouviu nas trevas os soluços
Do velho, mas seus olhos nada alcançam:
Pasma, e de novo o seu cantar começa:
"Em quanto o velho dorme, não me expulsa
D'ao pé do lar."
"Mas expulsei-te eu nunca?
Tornava Ogib a desfazer-se em pranto,
Em ânsias de transido desespero.
Bem sei que um Deus te mora dentro d'alma;
E nunca houvera Ogib de espancar-te
Do lar, onde Tupã é venerado.
Mas fala! oh! fala, uma só vez repete-o:
Vagaste à noite nas sombrias matas..."

---

109. Perturbam

"Silêncio! brada o louco, não escutas?!"
E para, como ouvindo uns sons longínquos.
Depois prossegue: "Piaíba o louco
Errou de noite nas sombrias matas;
O corpo tem aberto em fundas chagas,
E o orvalho gotejou fogo sobre elas.
Geme e sofre e sente fome e frio,
Nem há quem de seus males se condoa[110].
Oh! tenho frio! o fogo é bom, e aquece,
Quero-lhe bem!"
                            – "Tupã, que tudo podes,
Orava Ogib em lágrima desfeito,
A vida inútil do cansado velho
Toma, se a queres; mas que eu veja em vida
Meu filho, só depois me colha a morte!"

---

110. Sinta dó

Canto Terceiro

Era a hora em que a flor balança o cálix[111]
Aos doces beijos da serena brisa,
Quando a ema soberba alteia o colo,
Roçando apenas o matiz relvoso[112];
Quando o sol em doirando os altos montes,
E as ledas aves à porfia trinam,
E a verde coma dos frondosos cerros
Quando a corrente meio oculta soa
De sob o denso véu da parda névoa;
Quando nos panos das mais brancas nuvens
Desenha a aurora melindrosos quadros
Gentis orlados com listões de fogo;
Quando o vivo carmim do esbelto cactos
Refulge[113] a medo abrilhantado esmalte,
Doce poeira da aljofradas[114] gotas,
Ou pó sutil de pérolas desfeitas.

Era a hora gentil, filha de amores,
Era o nascer do sol, libando as meigas,
Risonhas faces da luzente aurora!
Era o canto e o perfume, a luz e a vida,
Uma só coisa e muitas, – melhor face
Da sempre vária e bela natureza:
Um quadro antigo, que já vimos todos,
Que todos com prazer vemos de novo.

Ama o filho do bosque contemplar-te,
Risonha aurora, – ama acordar contigo;
Ama espreitar nos céus a luz que nasce,
Ou rósea ou branca, já carmim, já fogo,
Já tímidos reflexos, já torrentes
De luz, que fere oblíqua os altos cimos.
Amavam contemplar-te os de Itajubá
Impávidos guerreiros, quando as tabas
Imensas, que Jaguar fundou primeiro

---
111. O mesmo que cálice
112. Em que há relva (terreno coberto de erva)
113. Brilhar com intensidade
114. Salpicadas

Cresciam, como crescem gigantescos
Cedros nas matas, prolongando a sombra
Longes nos vales, – e na copa excelsa
Do sol estivo os abrasados raios
Parando em vasto leito de esmeraldas.

As três formosas tabas de Itajubá
Já foram como os cedros gigantescos
Da corrente impedrada: hoje acamados
Fósseis que dormem sob a térrea crusta[115],
Que os homens e as nações por fim sepultam
No bojo imenso! – Chame-lhe progresso
Quem do extermínio secular se ufana:
Eu modesto cantor do povo extinto
Chorarei nos vastíssimos sepulcros,
Que vão do mar ao Andes, e do Prata
Ao largo e doce mar das Amazonas.
Ali me sentarei meditabundo
Em sítio, onde não oiçam meus ouvidos
Os sons frequentes d'europeus machados
Por mãos de escravos Afros manejados:
Nem veja as matas arrasar, e os troncos,
Donde chorando a preciosa goma,
Resina virtuosa e grato incenso
A nossa incúria grande eterno asselam:
Em sítio onde os meus olhos não descubram
Triste arremedo de longínquas terras.
Aos crimes das nações Deus não perdoa:
Do pai aos filhos e do filho aos netos,
Por que um deles de todo apague a culpa,
Virá correndo a maldição – contínua,
Como fuzis de uma cadeia eterna.
Virão nas nossas festas mais solenes
Miríade de sombras miserandas,
Escarnecendo, secar o nosso orgulho
De nação; mas nação que tem por base
Os frios ossos da nação senhora,
E por cimento a cinza profanada[116]
Dos mortos, amassada aos pés de escravos.
Não me deslumbra a luz da velha Europa;
Há-de apagar-se mas que a inunde agora;
E nós?... Sucamos leite mau na infância,

---

115. Crosta
116. Tratar com desprezo as coisas sagradas

Foi corrompido o ar que respiramos,
Havemos de acabar talvez primeiro.

América infeliz! – que bem sabia,
Quem te criou tão bela e tão sozinha,
Dos teus destinos maus! Grande e sublime
Corres de polo a polo entre os sois mares
Máximos de globo: anos da infância
Contavas tu por séculos! que vida
Não fora a tua na sazão[117] das flores!
Que majestosos frutos, na velhice,
Não deras tu, filha melhor do Eterno?!
Velho tutor e avaro cubiçou-te,
Desvalida pupila, a herança pingue
Cedeste, fraca; e entrelaçaste os anos
Da mocidade em flor – às cãs e à vida
Do velho, que já pende e já declina
Do leito conjugal imerecido
À campa, onde talvez cuida encontrar-te!

Tu, filho de Jaguar, guerreiro ilustre,
E os teus, de que então vós ocupáveis,
Quando nos vossos mares alinhadas
As naus[118] de Holanda, os galeões[119] de Espanha,
As fragatas[120] de França, e as caravelas
E portuguesas naus se abalroavam,
Retalhado entre si vosso domínio,
Qual se vosso não fora? Ardia o prélio,
Fervia o mar em fogo a meia-noite,
Nuvem de espesso fumo condensado
Toldava astros e céus; e o mar e os montes
Acordavam rugindo aos sons troantes
Da insólita peleja! – Vós, guerreiros,
Vós, que fazíeis, quando a espavorida
Fera bravia procurava asilo
Nas fundas matas, e na praia o monstro
Marinho, a quem o mar, já não seguro
Reparo contra a força e indústria humana,
Lançava alheio e pávido na areia?
Agudas setas, válidos tacapes

---
117. Estação
118. Navio de vela, de alto bordo, com três mastros e grande número de bocas de fogo, desusado atualmente
119. Nome dos antigos navios mercantes de maior tonelagem
120. Antigo navio de guerra

Fabricavam talvez!... Ai não... capelas,
Capelas enastravam[121] para ornato
Do vencedor; – grinaldas penduravam
Dos alindados tetos, por que vissem
Os forasteiros, que os paternos ossos
Deixando atrás, sem manitôs vagavam,
Os filhos de Tupã como os hospedam
Na terra, a que Tupã não dera ferros!

***

Rompia a fresca aurora, rutilando
Sinais de um lia límpido e sereno.
Então vinham saindo os de Itajubá
Fortes guerreiros a contar os sonhos
Com que Tupã amigo os bafejara[122],
Quando as estrelas pálidas tombavam,
Já de clarão maior esmorecidas.
Vinham ledos ou tristes na aparência,
Timoratos ou cheios de hardimento,
Como o futuro evento se espelhava
Nos sonhos, bons ou maus; mas acordá-los
Disparatados, e o melhor de tantos
Coligir, era missão mais alta.
Não fosse o piaga intérprete divino,
Nem os seus olhos penetrantes vissem
O porvir, ao través do véu do tempo,
Como ao través do corpo a mente enxergam;
Não fosse, quem há que se afoutasse
Em campo de batalha a expor a vida,
A vida nossa tão querida, e tanto
Da flor a vida breve semilhando:
Roaz inseto a vai traçando em giro,
Nem mais revive uma só vez cortada!

Mande porém Tupã seus gratos filhos,
Rogados sonhos, que os decifra o piaga:
E Tupã, de benigno os influi sempre
Em vesp'ras de batalha, como as chuvas
Descem, quando a terra humores pede,
Ou como, em sazão própria, brotam flores.

---
121. Pôr fitas de linho ou algodão
122. Soprara

Postam-se em forma de crescente os bravos:
Ávida turba mulheril no entanto
O rito sacro impaciente aguarde.
Brincam na relva os folgazões meninos,
Em quanto os mais crescidos, contemplando
O aparato elétrico das armas,
Enlevam-se; e, mordidos pela inveja,
Discorrem lá consigo: – Quando havemos,
Nós outros, d'empunhar daqueles arcos,
E quando levaremos de vencida
As hostes[123] vis do pérfido Gamela!

Vem por fim Itajubá. O piaga austero[124],
Volvendo o maracá nas mãos mirradas,
Pergunta: – "Foi o espírito convosco,
O espírito da força, e os ledos sonhos,
Ministros de Tupã, núncios da glória?"
– Sim, foram, lhe respondem, ledos sonhos,
Correios de Tupã; mas o mais claro
É duro nó que o piaga só desata[125].
"Dizei-os pois, que vos escuta o piaga"
Disse, e maneja o maracá: das bocas
Do mistério divino, em puros flocos
De neve, o fumo em borbotões golfeja.

Diz um que, divagando em matas virgens,
Sentira a luz fugir-lhe de repente
Dos olhos, – se não foi que a natureza,
Por mágico feitiço transtornada,
Vestia por si mesma novas galas
E aspectos novos, – nem as elegantes,
Viçosas trepadeiras, nem as redes
Agrestes do cipó já divisava.
Em lugar da floresta, uma clareira
Relvosa descobria, em vez da árvores
Tão altas, de que havia pouco o bosque
Parecia ufanar-se, – um tronco apenas,
Mas tronco tal que os resumia a todos.

---

123. Inimigos ou adversários
124. Que possui caráter inflexível, demonstrando, por isso, certa rigidez em opiniões, comportamentos, maneiras de proceder
125. Liberta-se

Ali sozinho o tronco agigantado
Luxuriava em folhas verde-negras,
Em flores cor de sangue, e na abundância
Sos frutos, como nunca os viu nas matas;
Tão alvos como a flor do mamãozeiro,
De macia penugem debruados.

"Extático de os ver ali tão belos
Tais frutos, que eu algures nunca vira,
O bárbaro dizia, fui colhendo
O melhor, por que o visse de mais perto.
Pesar de não saber se era salubre,
Ansiava gostá-lo, e em fura lida
Lutava o meu desejo co'a prudência.
Venceu aquele! ai não vencesse nunca!
Nunca, ludibrio não dos meus desejos,
Mordessem-no meus lábios ressequidos.
Contá-lo me arrepia! – Mal o toco,
Força-me a rejeitá-lo um quê oculto,
Que os nervos me estremece: a causa inquiro...

Eis que uma cobra, uma coral, de dentro
Desdobra o corpo lúbrico, e em três voltas,
Mas grata armila, me circunda o braço.
Da vista e do contato horrorizado,
Sacudo o estranho ornato; e vão me agito:
Com quanto mais afã tento livrar-me,
Mais apertado o sinto. – Nisto acordo,
Úmido o corpo e fatigado, e a mente
Molesta ainda do combate inglório.
O que é, não sei; tu sabes tudo, ó Piaga
Há e talvez razão que eu não alcanço,
Que certo isto não é sonhar batalhas."

– "Haja sentido oculto no teu sonho,
(Diz ao guerreiro o piaga) eu, que levanto
O véu do tempo, e aos mortais o mostro.
Dir-to-ei por certo; mas eu creio e tenho
Que algum gênio turbou-te a fantasia,
Talvez anguera de traidor Gamela;
Que os Gamelas são pérfidos em morte,
Como em vida." – Assim é, diz Itajubá.

Outro sonhou caçadas abundantes,
Temíveis caitetus, pacas ligeiras,
Coatis e jabotins, – te onça e tigres,
Tudo em rimas, em feixes: outro em sonhos
Nada disto enxergou: porém cardumes
De peixes vários, que o timbó prestante
Trazia quase à mão, se não fechados
Em mondes espaçosos! – gáudio imenso!
De os ver ali raivando na estacada
Tão grandes serubins, trauíras tantas,
Ou boiando sem tino à flor da aguas!

Outros não viram nem mondes[126], nem peixes,
Nem aves, nem quadrúpedes: mas grandes
Samotins transbordando argêntea espuma
Do fervente cauim; e por três noites
Girar em roda a taça do banquete,
Em quanto cada qual memora em cantos
Os feitos próprios: reina o guaú[127], que passa
Destes àqueles com cadência[128] alterna.
"O piaga exulta! Eu vos auguro, ó bravos
Do herói Timbira (clama entusiasta)
Leda vitória! Nunca em nossas tabas
Haverá de correr melhor folgança,
Nem ganhareis jamais honra tamanha.
Bem sabeis como é de uso entre os que vencem
Festejar o triunfo: o canto e a dança
Marcham de par, – banquetes se preparam,

E a glória da nação mais alta brilha!
Oh! nunca sobre as tabas de Itajubá
Haverá de nascer mais grata aurora!"

Soam festivos gritos, e as pocemas[129]
Dos guerreiros, que sôfregos escutam
Do piaga os ditos, e o feliz augúrio
Da próxima vitória. Não dissera
Quem quer que fosse estranho aos usos deles
Senão que por aquela densa pinha
De vulgo, se espalhara a fausta nova
De gloriosa ação já consumada,

---
126. Indígenas dessa tribo
127. Espécie de dança, entre os indígenas
128. Repetição de sons ou de movimentos que se sucedem a intervalos regulares
129. Gritaria

Que os seus, validos da vitória, obraram.
Entanto Japeguá, posto de parte,
Em quanto lavra em todos o contágio
Da glória e do prazer, – bem claro mostra
No rosto descontente o que medita.
"Prazer que em altos gritos se propala,
Discorre lá consigo o Americano,
"É como a chama rápida correndo
Nas folhas da pindoba: é falso e breve!"

Atenta nele o chefe dos Timbiras,
Como que interno, igual pressentimento
Rejeita, seu mau grado, a voz do piaga.
"Que pensa Japeguá? Acaso em sonhos
Tremendo e torvo se lhe antolha o êxito
Da batalha? ou seja, ou não conosco,
Que tarda em nos dizer seu pensamento?"

"Eu, vi" Japeguá (e assim dizendo,
Sacode vezes três a fronte adusta,
Onde gravara da prudência o selo
Contínuo meditar). "Vi altos combros
De mortos já polutos[130], – via lagoas
Brutas de sangue impuro e negrejante;
Vi setas e carcaz espedaçados,
Tacapes adentados, ou partidos
Ou já sem fio! – vi..." Eis Catucaba
Mal sofrido intervém, interrompendo
A narração do sonhador de males.
Bravo e hardido como é, nunca a prudência
Lhe foi virtude, nem por tal a aceita.
Nunca o membi guerreiro em seus ouvidos
Troou medonho, inóspito combate,
Que às armas não corresse o valeroso,
Intrépido soldado; mais que tudo
Amava a luta, o sangue, vascas, transes,
Convulsos arrepios, altos gritos
Do vencedor, imprecações sumidas
Do que, vencido, jaz no pó sem glória.
Sim, ama e que o tráfego das armas
Talvez melhor que a si; nem mais risonha
Imagem se lhe antolha, nem há cousa
Que tenha em mais apreço ou mais cubice.

---

130. Profanados

O p'rigo que aventasse era feitiço,
Que em delírio de febre o transtornava.
Fanático de si, ébrio de glória,
Lá se arrojava intrépido e brioso,
Onde pior, onde mais negro o via.

Não eram dois na esquadra de Itajubá
De gênios em mais pontos encontrados:
Por isso em luta sempre. Catucaba,
Fragueiro, inquieto, sempre aventuroso,
Em cata de mais glória e mais renome,
Sempre à mira de encontros arriscados,
Sempre o arco na mão, sempre embebida
Na corda tesa e frecha equilibrada.
Ninguém mais solto em vozes, mais galhardo
No guerreiro desplante, ou que mostrasse
Atrevido e soberbo e forte em campo
Quer pujança maior, que mais orgulho.

Japeguá, corajoso, mas prudente,
Evitava o conflito, via o risco,
Media o seu poder e as posses dele
E o azar da luta e descansava em ócio.
Sua própria indolência revelava
Ânimo grande e não vulgar coragem.
Se fosse lá nos paramos da Líbia,
Deitado à sombra da árvore gigante,
O leão da Numídia bem poderá
Trilhar por junto dele os movediços
Combros da areia, – amedrontando os ares
Com aquele bramir agreste e rudo,
Que as feras sem terror ouvir não sabem.
O índio ouvira impávido o rugido,
Sem que o terror lhe distingisse as faces;
E ao rei dos animais voltando o rosto,
Somente porque mais à jeito o visse,
Viras ambos, sombrios, majestosos,
Contemplarem-se a espaço, destemidos;
D'estranheza o leão os seus rugidos
Na gorja sufocar, e a nobre cauda,
Entre medos e assomos de hardimento,
Mover de leve e irresoluto aos ventos!

Um – era a luz fugaz fácil prendida
Nas plumas do algodão: luz que deslumbra
E que em breve amortece: outro – faísca,
Que surda, pouco a pouco vai lavrando
Não vista e não sentida te que surge
Dum jato só, tornada incêndio e fumo.

"Que viste? diz-lhe o êmulo[131] brioso,
"Só coalheiras de sangue inficionado,
Só tacapes e setas bipartidas,
E corpos já corruptos?! Eia, ó fraco,
Embora em ócio ignavo aqui descanses,
E nos misteres feminis te adestres!
Ninguém te cama à vida dos combates,
Não te almeja ninguém por companheiro,
Nem há-de o sonho teu acobardar-nos.
É certo que haverá mortos sem conto,
Mas não seremos nós; – setas partidas,
As nossas, não; tacapes amolgados[132]...
Mas os nossos verás mais bem talhantes,
Quando houverem partido imigos crânios.

"Herói, não em façanhas, mas nos ditos
Lidador que a vileza d'alma encobres
Com frases descorteses[133], – já te viram,
Pendentes braço e armas, contemplando
Os feitos meus, pesar que sou cobarde.
Essa infame tarefa que me incumbes
É minha, sim; mas por diverso modo:
Não ministro cauim às vossas festas;
Mas na refrega o meu trabalho é vosso.
Da batalha no campo achais defuntos,
Vossa glória e brasão, corpos sem conto,
Cujas feridas largas e profundas,
De largas e profundas, denunciam
A mão que as sói fazer com tanto efeito.
Não tenho espaço, onde recolha os ossos,
Não tenho cinto, onde pendure os crânios,
Nem colar onde caibam tantos dentes,
De quantos venci já; por isso inteiros
Lá vo-los deixo, heróis; e vós lá ides,
Em que me não queirais por companheiro,

---

131. Adversário
132. Achatados
133. Falta de cortesia, malcriado

Rivais dos urubus, fortes guerreiros,
Fácil triunfo conquistar nas trevas,
Aos vorazes tatus roubando a presa."

Calou-se... e o vulgo rosna em torno d'ambos,
Deste ou daquele herói tomando as partes.
Pois quê?... Há-de ficar tamanha afronta
Impune, e não haveis levar das armas,
Por que o sangue a desbote e apague inteira?"

Diziam, – e a tais ditos mais fermente
A raiva em ambos; fazem-lhes terreiro,
Já verga o arco, já se entesa a corda,
Já batem pés no solo pulvurento:
Correra o sangue de um, talvez o de ambos,
Que sobre os dois a morte, abrira as asas!
Silêncio! brada o chefe dos Timbiras,
Interposto[134] severo em meio da ambos;
De um lado e outro a turba circunfusa[135]
Emudece, – divide-as largo espaço,
De cujo centro gira os torvos olhos
O herói, e só de olhar lhe estende as raias.
Assim de altivo píncaro[136] descamba
Enorme rocha, obstruindo o leito
De um rio caudaloso: as fundas águas
Latindo em vão na rocha volumosa
Separam-se, cavando novos leitos,
Em quanto o antigo se resseca e abras.

Silêncio! Disse; e em torno os olhos gira,
Fúlgidos, negros: orgulhosas frontes,
Que aos golpes do tacape não se dobram
Em torno sobre o peito vão caindo
Uma após outra: altivo um só apenas
Rebelde arrosta o olhar! – rápido golpe,
Rápido e forte, como o raio, o prostra[137]
Na arena em sangue! Mosqueado tigre,
Se cai no meio de preás medrosos,
Talvez no primo impulso algum aferra;
Vulgacho[138] imbele! – ao mísero que prende

---
134. Posto entre
135. Espalhada em roda
136. Cúpula
137. Abate
138. Ralé

E torce ainda nas compridas garras,
Longe, sem vida, desdenhoso o arroja.

Assim o herói. Por longo trato mudo
Soberdo e grande alfim mostrando o rio,
Quedou sem mais dizer; o rio ao longe
As águas, como sempre, majestosas
Na gorja das montanhas derramava,
Caudal, imenso. Trás daqueles montes,
Diz Itajubá, não sabeis quem seja?
Afronta e nome vil haja o guerreiro,
Que ousa lutas ferir, travar discórdias,
Quando o imigo boré tão perto soa."

Acorre o piaga em meio do conflito:
"Prudência, ó filho de Jaguar, exclama;
Nem mais sangue timbira se derrame,
Que já não basta por pagar-nos deste,
Que derramaste, quando houver nas veias
Dos pérfidos Gamelas. O que ouviste,
Que o forte Japeguá diz ter sonhado,
Assela o que tupã me está dizendo
Cá dentro em mim nos decifrados sonhos,
Depois que os funestou[139] propínquo[140] sangue."

"Devoto piaga (Mojacá prossegue)
Que vida austera e penitente vives
Dos rochedos na Iapa venerada,
Tu, dos gênios do Ibaque bem fadado,
Tu face a face com Tupã praticas
E ves nos sonos meus melhor qu'eu mesmo.
Escuta, e dize, ó venerando piaga
(Benévolo Tupã teus ditos oiça)
Anguera mau turbou-te a fantasia,
Aflito Mojacá, teu sonho mente."

Palavras tais no índio circunspecto,
Cujos lábios em vão nunca se abriram;
Guerreiro, cujos sonhos nunca foram,
Nem mesmo em risco estreito, pavorosos;
No vulgo frio horror vão trescalando,
Que entre a crença do piaga, e a deferência

---
139. Desgraçou
140. Que não está distante

Devida a tanto herói flutua incerta.
"Eu vi, diz ele, vi em baba imiga
Guerreiro, como vós, comado e hirsuto!
A corda estreita do cruento rito
Os rins lhe aperta? a dura tangapema
Sobre-está-lhe fatal; – cantos se entoam
E a tuba dançatriz em torno gira.
Sono não foi, que o vi, como vos vejo;
Mas não vos direi já quem fosse o triste!
Se vísseis, como eu vi, a fronte altiva,
O olhar soberbo, – aquela força grande,
Aquele riso desdenhoso e fundo...
Talvez um só, nenhum talvez se encontre,
Eu seja para estar no passo horrendo
Tão seguro de si, tão descansado!"

Acaso um tronco volumoso e toco
De escamas fortes entre si travadas
Ali perto jazia. Ogib, o velho,
Pai do errante Jatir, ali sentou-se.
Ali triste pensava, até que o sonho
Do aflito Mojacá veio acordá-lo.
"Tupã! que mal te fiz, que assim me colha
Do teu furor a seta envenenada?
Com voz chorosa e trêmula clamava.
"Escuto os gabos que só cabem nele,
Vejo e conheço o costumado ornato
Do filho meu querido! isto que fora,
A quem tão infeliz como eu não fosse,
Ventura grande, me constringe o peito!
Conheço o filho meu no que disseste,
Guerreiro, como a flor pelo perfume,
Como o esposo conhece a grata esposa
Pelas usadas plumas da araçóia,
Que entre as folhas do bosque a espaços brilha,
Ai! nunca brilhe a flor, se hão de roê-la
Insetos; nunca vague a linda esposa
No bosque, se há de as feras devorá-la!"

A dor que mostra o velho em todo o aspecto,
Nas vozes por soluços atalhadas,
Nas lágrimas que chora, os move a todos
A triste compaixão; mas mais àquele,
Que, antes do pobre pai, já todo angústias,

Da própria narração se enternecia.
Às querelas de Ogib volta o rosto
O fatal sonhador, – que, seu mau grado,
As setas da aflição tendo cravado
Nas entranhas de um pai, quer logo o suco,
Fresco e saudável, do louvor, na chaga
Verter-lhe, donde o sangue em jorros salta.

"Tal era, tão impávido (prossegue,
Fitando o velho Ogib o seu desplante,
Qual foi o de Jatir naquele dia,
Quando, novel nas artes do guerreiro,
Circundado se viu à nossa vista
D'imiga multidão: todos o vimos;
Todos da clara estirpe deslembrados,
Clamamos tristes, pávidos: "É morto!"
Ele porém que o arco usar não pode,
O válido tacape desprendendo,
Sacode-o, vibra-o: fere, prostra e mata
A este, àquele; e em volumosos feixes
Acerva a turba vil, lucrando um nome.

Tapir, caudilho[141] seu, que não suporta
Que um homem só e quase inerme, o cubra
De tamanho labéu[142], altivo brada:
"Cede-me, estulto[143], cede ao meu tacape
Que nunca ameaçou ninguém debalde."
E assim dizendo vibra crebros golpes,
Co a bruta folha retalhando os ares!
Um coiro de tapir, em vez de escudo,
Rijo e piloso lhe guardava os membros.
Jatir, do arco seu curvando as pontas,
Sacode a seta fina e sibilante,
Que vara o couro e o corpo surge for.
Tomba de chofre o índio, e o som da queda
Remata o som que a voz não rematara.
Vista a pel' do tapir, que o resguardava,
Japi, mesmo Japi lhe inveja o tiro."

Todo o campo se aflige, todos clamam:
"Jatir! Jatir! o forte entre os mais fortes."
Ordem não há; mulheres e meninos

---
141. Chefe de facção, de partido ou de bando armado
142. Mancha na reputação
143. Que não tem bom senso ou discernimento

Baralham-se em tropel: o pranto, os gritos
Confundem-se: do velho Ogib entanto
Mal se percebe a voz "Jatir" gritando.

Itajubá por fim silêncio impondo
À turba mulheril, e à dos guerreiros
Nesta batalha: "Consultemos, disse,
Consultemos o piaga: às vezes pode
O santo velho, serenando o ibaque,
Amigo bom tornar o Deus malquisto."

Mas ora não! – responde o piaga iroso.
"Só quando ruge a negra tempestade,
"Só quando a fúria d'Anhangá fuzila
Raios do escuro céu na terra aflita
Do piaga vos lembrais? Tanta lembrança,
Tarda e fatal, guerreiros! Quantas vezes
Não fui, em mesmo, nos terreiros vossos
Fincar o santo maracá? Debalde,
Debalde o fui, que à noite o achava sempre
Sem oferta, que aos Deuses tanto prazem!
Nu e despido o vi, como ora o vedes.
(E assim dizendo mostra o sacrossanto
Mistério, que de irado pareceu-lhes
Soltar mais rouco som no seu rugido)
Quem de vós se lembrou que o santo Piaga
Na lapa dos rochedos se mirrava
Apura míngua[144]? Só Tupã, que ao velho
Deu não sentir os dentes aguçados
Da fome, que por dentro o remordia,
E mais cruel, passada entre os seus filhos!"

Cegou-nos Anhangá, diz Itajubá,
Fincando o maracá nos meus terreiros,
Cegou-nos certo! – nunca o vi sem honras!
Que o vira, bom piaga... oh! Não se diga
Que um homem só, dos meus, perece à míngua,
(Quem quer que seja, quanto mais um Piaga
Quando campeam tantos homens d'arco
Nas tabas de Itajubá, – tantas donas
Na cultura dos campos adestradas.
Hoje mesmo farei que ao antro escuro
Caminhem tantos dons, tantas ofertas,

---

144. Miséria

Que o teu santo mistério há de por força,
Quer queiras, quer não, dormir sobre elas!
"Talvez a rica of'renda aplaca os Deuses,
E saudável conselho a noite inspira!"
Disse e sem ais dizer se acolhe à gruta.

À caça, ó meus guerreiros, brada o chefe;
Ledas donzelas ao cauim se apliquem,
Os meninos à pesca, à roça as donas,
Eia!" – Ferve o labor, reina o tumulto,
Que quase tanto val como a alegria,
Ou antes, só prazer que o povo gosta.

Já deslembrados do que ausente choram
Favor das turbas que tão leve passas!
Ledos no peito, ledos na aparência
Todos se incumbem da tarefa usada.

Trabalho no prazer, prazer que moras
Dentro de tanto afã! festa que nasces
Sob auspícios tão maus, possa algum gênio,
Possa Tupã sorrir-te carinhoso,
E das alturas condoer-se amigo
Do triste, órfão de amor, e pai sem filho!

Canto Quarto

BEM-VINDO seja o fausto mensageiro,
O melífluo[145] Timbira, cujos lábios
Destilam sons mais doces do que os favos
Que errado caçador na brenha inculta
Por ventura topou! Hóspede amigo,
Ledo núcio de paz, que o território
Pisou de imigas hostes, quando a aurora
Despontava nos céus – bem vindo seja!
Não luz mas brando e grato o romper d'alva
Que o teu sereno aspecto; nem mais doce
A fresca brisa da manhã cicia
Pela selvosa encosta, que a mensagem
Que o chefe imigo e fero anseia ouvir-te.
Melífluo Jurecei, bem vindo sejas
Dos Gamelas ao chefe, Gurupema,
Senhor dos arcos, quebrador das setas,
Das selvas rei, filho de Icrá valente.

Assim consigo as hostes do Gamela:
Consigo só, que a usada gravidade
Já na garganta, a voz lhes retardava.
Não veio Jurucei? Posto de fronte,
Arco e flecha na mão feito pedaços,
Certo sinal do respeitoso encargo,
Por terra não lançou? – Que pois augura
Tal vinda, a não ser que o audaz Timbira
Melhor conselho toma: e por ventura
De Gurupema receiando as forças,
Amiga paz lhe oflrece, e em sinal dela
So vencido Gamela o corpo entrega?!
Em bem! que a torva sombra vagarosa
Do outrora chefe seu há-de aplacar-se,
Ouvindo a mesma voz das carpideiras,
E vendo no sarcófago depostas
As armas, que no ibaque hão-de servi-lhe,
E junto ao corpo, que foi seu, as plumas,
Em quanto vivo, insígnias do mando.

---
145. Doce

Embora ostente o chefe dos Timbiras
O ganhado troféu; embora à cinta
Ufano prenda o gadelhudo crânio,
Aberto em croa, do infeliz Gamela.
Embora; mas porém amigas quedem
Do Timbira e Gamela as grandes tabas;
E largo em roda na floresta imperem,
Que o mundo em peso, unidas, afrontaram!

Nascia a aurora: do Gamela s hostes
Em pé, na praia, mensageiro aguardam
Sisudos, graves, Um caudal regato,
Cujo branco areial a prata imita,
Sereno ali volvia as mansas águas,
Como que triste de as levar ao rio,
Que ao mar conduz a rápida torrente
Por entre a selva umbrosa e brocas penhas.
Esta a praia! – em redor troncos gigantes,
Que a folhagem no rio debruçavam,
Onde beber frescor os galhos vinham,
Cuxuriando em viço[146]! – penduradas
Trepadeiras gentis da coma excelsa,
Estrelando do bosque o verde manto
Aqui, ali, de flores cintilantes,
Meneiavam-se ao vento, como fitas,
De que se enastra a coma a virgem bela.
Era um prado, uma várzea, um tabuleiro
Com mimoso tapiz[147] de várias flores,
Agrestes, sim, mas belas, Gênio amigo
Chegou-lhe só a mágica vergasta!
Ei-las a prumo ao logo da corrente
Com requebros louçãos a enamorá-la!

A nós de embira aos troncos amarradas
Quase igaras em conto figuravam
Ousada ponte no correr das águas
Por força mais qu1humana trabalhada.

Vê-as e pasma Jurecei, notando
O imigo poderio, e seu mau grado
Vai lá consigo mesmo discorrendo:
"Muitos, certo e as nossas tabas forte,

---
146. Exuberância
147. Tapete

Itajubá invencível; mas da guerra
É sempre incerto o azar e sempre vário!
E... quem sabe? – talvez... mas nunca, oh! nunca!
Itajubá! Itajubá! – onde há no mundo
Posses que valham contrastar seu nome?
Onde a seta que valha derriba-lo,
E a tribo ou povo que os Timbiras vençam?!"

Entre as hostes que a si tinha fronteiras
Penetra! – tão galhardo era o seu gesto,
Que os Gamelas em si tão bem disseram:
– Missão de paz o traga, que se os outros
São tão feros assim, Tupã nos valha,
Sim, Tupã; que o não pode o rei das selvas!"

Hospedagem sincera entanto of'recem
A quem talvez não tardará buscá-los
Com fina seta no leal combate.
Ás igaras o levam pressurosos[148],
Servem-lhe o piraquém na guerra usado,
E os loiros sons so colmeal agreste;
Servem-lhe amigos suculento pasto
/em banquete frugal; servem-lhe taças
(A ver se mais que a fome o instiga a sede)
Do espumoso cauim, – taças pesadas
Na funda noz da sapucaia abertas.
Sem temor o timbira vai provando
O mel, o piraquém, as iguarias;
Mas dos vinhos coíbe-se prudente.

Em remoto lugar forma conselho
O rei da selvas, Gurupema, em quanto
Restaura o mensageiro os lassos membros.
Chama primeiro Cab-oçu valente;
As ríspidas melenas corridias
Cortam-lhe o rosto, – Pendem-lhe nas costas,
Hirtas e lesas, como o junco em feixes
Acamados no leito ressequido
D'invernosa corrente, o rosto feio
Aqui, ali negreja manchas negras
Como da bananeira a larga folha,
Colhida ao romper d'alva, qu'uma virgem
Nas mãos lascivas machucou brincando.

---
148. Apressados

Valente é Caba-oçu; mas sem piedade!
Como senta fera almeja sangue
E de malvada ação cruel se paga.
Apressou em combate um seu contrário,
Que mais imigo tinha entre os imigos:
Da guerra os duros vínculos lançou-lhe
E à terreiro o chamou, como é de usança
Para o triunfo bélico adornado.
Fizeram-lhe terreiro os mais d'entôrno:
Ele do sacrifício empunha a maça,
Impropérios[149] assaca, vibra o golpe,
E antes que tombe o corpo, aferra os dentes
No crânio fulminado: jorra o sangue
No rosto, e em gorgulhões se expande o cérebro,
Que a fera humana rábida mastiga!
E em quanto limpa à desgrenhada coma
Do sevo pasto o esquálido sobejo,
Bárbaras hostes do Gamela torcem,
À tanto horror, o transtornado rosto.

Vem Jepiaba, o forte entre os mais fortes,
Taiatu, Taiatinga, Nupançaba,
Tucura o ágil, Cravatá sombrio,
Andira, o sonhador de agouros tristes,
Que ele é primeiro a desmentir co'as armas,
Pirera que jamais não foi vencido,
Itapeba, rival de Gurupema,
Oquena, que por si vale mil arcos,
Escudo e defensão dos seus que ampara;
E outros, e muitos outros, cuja morte
Não foi sem glória no cantar dos bardos.

Guerreiros! Gurupema assim começa,
"Antes de ouvir o mensageiro estranho,
Consultar-vos me é força; a nós incumbe
Vingar do rei da selva a morte indigna.
Do que morreu, em que lhe seja eu filho,
E a todos nós da gloriosa herança
Compete o desagravo. Se nos busca
O filho de Jaguar, é que nos teme;
A nossa fúria por ventura intenta
Voltar a mais amigo sentimento.
Talvez do vosso chefe o corpo e as armas

---
149. Injúrias

Com larga pompa nos envia agora:
Basta-vos isto?
Guerra! guerra! exclamam.

Notai porém quanto é pujante o chefe,
Que os Timbiras dirige. Sempre o segue
Fácil vitória, e mesmo antes da luta
As galas triunfais dispõe seguro.

Embora, dizem uns; outros murmuram,
Que de tão grande herói, qualquer que seja
A oferta expiatória, em bem, se aceite.
Vacilam no conselho. A injúria é grande,
Bem fundo a sentem, mas bem grande é o risco.
"Se o orgulho desce a ponto no Timbira,
Que pazes nos propõe, diz Itapeba
Com dura voz e cavernoso acento,
Já está vencido! – Alguém pensa o contrário
(E com despeito a Gurupema encara)
Alguém, não eu! Se havemos de barato
Dar-lhe a vitória, humildes aceitando
O triste câmbio (a ideia só me irrita)
De um morto por um arco tão valente,
Aqui as armas vis faço pedaços
Em breve trato, e vou-me a ter com esse,
Que sabe leis ditar, mesmo vencido!"
Como tormenta, que rouqueja ao longe
E som confuso espalha em surdos ecos;
Como rápida flecha corta os ares,
Já perto soa, já mais perto brame,
Já sobranceira enfim roncando estala;
Nasce fraco rumor que logo cresce,
Avulta, ruge, horríssono ribomba.
Oquena! Oquena! o herói nunca vencido,
Com voz troante e procelosa exclama,
Dominando o rumor, que longe Esaú:

"Fujam tímidas aves aos lampejos
Do raio abrasador, – medrosas fujam!
Mas não será que o herói se acanhe ao vê-los!
Itapeba, só nós somos guerreiros;
Só nos, que a olhos nus fitando o raio,
Da glória a senda estreita à par trilhamos.
Tens em mim quanto sou e quanto valho,
Armas e braço enfim!"

Eis rompe a densa
Turba que d'entôrno d'Itapeba
Formidável barreira alevantava.

Quadro pasmoso! os dois de mãos travadas,
Sereno o aspecto, plácido o semblante,
À fúria popular se apresentavam
De constância e valor somente armados.
Eram escolhos gêmeos, empinados,
Que a fúria de um vulcão ergueu nos mares.
Eterno ali serão co'os pés no abismo,
Com os negros cimos devassando as nuvens,
Se outra força maior os não afunda.
Ruge embalde o tufão, embalde as vagas
Do fundo pego à flor do mar borbulham!

Estranha a turba, e pasma o desusado
Arrojo, que jamais assim não viram!
Mas mais que todos Caba-oçu valente
Enleva-se da ação que o maravilha;
E de nobre furor tomado e cheio,
Clama altivo: "Eu também serei convosco,
Eu também, que a só mercê vos peço
De haver às mãos o pérfido Timbira.
Seja, o que mais lhe apraz invulnerável,
Que d'armas não careço por vencê-lo.
Aqui o tenho, – aqui comigo o aperto,
Estreitamente o aperto nestes braços,
(E os braços mostra e os peitos musculosos)
Há-de medir a terra já vencido,
E orgulho e vida perderá co'o sangue,
Arrã soprada, que um menino espoca!"

E bate o chão, e o pé na areia enterra,
Orgulhoso e robusto: o vulgo aplaude,
De prazer rancor soltando gritos
Tão altos, tais, como se ali tivera
Aos pés, rendido e morto o herói Timbira.

Por entre os alvos dentes que branquejam,
Ri-se o prazer nos lábios do Gamela.
Aos rosto a cor lhe sobe, aos olhos chega
Fugaz clarão da raiva que aos Timbiras
Votou de há muito, e mais que tudo ao chefe,
Que o espólio paternal mostra vaidoso.

Com gesto senhoril[150] silêncio impondo
Alegre aos três a mão calosa of'rece,
Rompendo nestas vozes: "Desde quando
Cabe ao soldado pleitear combates
E ao chefe em ócio viver seguro?
Guerreiros sois, que os atos bem no provam;
Mas se vos não apraz ter-me por chefe,
Guerreiro tão bem sou, e onde se ajuntam
Guerreiros, hão-de haver logar os bravos!
Serei convosco, disse. – E aos três se passa.

Soam batidos arcos, rompem gritos
Do festivo prazer, sobe de ponto
O ruidoso aplaudir, Só Itapeba,
Que ao seu rival deu azo[151] de triunfo,
Mal satisfeito e quase irado rosna.

Um Tapuia, guerreiro adventício,
Filhado acaso à tribo dos Gamelas,
Pede atenção, – prestam-lhe ouvidos todos.
Estranho é certo; porém longa vida
A velhice robusta[152] lhe autoriza.
Muito há visto, sofreu muitos reveses,
Longas terras correu, aprendeu muito;
Mas quem é, donde vem, qual é seu nome?
Ninguém o sabe: ele não o disse nunca.
Que vida teve, a que nação pertence,
Que azar o trouxe à tribo dos Gamelas?
Ignora-se também. Nem mesmo o chefe
Perguntar-lhe se atreve. É forte, é sábio,
É velho e experiente, o mais que importa?
Chamem-lhe o forasteiro, é quanto basta.
Se à caça os aconselha, a caça abunda;
Se à pesca, os rios cobrem-se de peixes;
Se à guerra, ai da nação que ele indigita[153]!
Valem seus ditos mais que valem sonhos,
E acerta mais que os piagas nos conselhos.

Mancebo (assim diz ele a Gurupema)
"Já vi o que por vós não será visto,
Imensas tabas, bárbaros imigos,

---
150. Próprio do senhor ou de senhora
151. Motivo
152. Vigorosa, forte
153. Designar

Como nunca os vereis; andei já tanto,
Que o não fareis, andando a vida inteira!
Estranhos casos vi, chefes pujantes!
Tabira, o rei dos bravos Tobajaras,
Alquíndar, que talvez já não exista,
Iperu, Jepipó de Mambucaba,
E Coniã, rei dos festins guerreiros;
E outros, e outros mais. Pois eu vos digo,
Ação, que eu saiba, de tão grandes Cabos,
Como a vossa não foi, – nem tal façanha
Fizeram nunca, e sei que foram grandes!
Itapeba entre os seus não encontraras,
Que não pagasse com seu sangue o arrojo
Se tanto as claras por-se-lhes contrário.
Mas quem do humano sangue derramado
Por ventura se peja? – em que logares
A glória da peleja horror infunde?
Ninguém, nenhures[154], ou somente aonde,
Ou só aquele que já viu infunde
Cruas vagas de sangue; e os turvos rios
Mortos por tributo ao mar volvendo.
Vi-as eu, inda novo; mas tal vista
Do humano sangue saciou-me a sede.
Ouvi-me, Gurupema, ouvi-me todos:
Da sua tentativa o rei das selvas
Teve por prêmio o lacrimoso[155] evento:
E era chefe brioso e bom soldado!
Só não pode sofrer que alguém dissesse
Haver outro maior tão perto dele!
A vaidade o cegou! hardida empresa
Cometeu, mas por si: de fora, e longe
Os seus o viram deslindas seu pleito.
Vencido foi... a vossa lei de guerra,
Bárbara, sim, mas lei, – dava ao Timbira
Usar, com ele usou, do seu triunfo.
A que pois fabricar novos combates?
Por que empreendê-los nós, quando mais justos
Os Timbiras talvez mover poderam?
Que vos importa a vós vencer batalhas?
Tendes rios piscosos, fundas matas,
Inúmeros guerreiros, tabas fortes;
Que mais vos é mister? Tupã é grande:

---

154. Em nenhuma parte
155. Lastimoso

De um lado o mar se estende sem limites,
Pingues florestas d'outro lado correm
Sem limites também. Quantas igaras
Quantos arcos houvermos, nas florestas,
No mar, nos rios caberão às largas:
Por que então batalhar? por que insensatos,
Buscando o inútil, necessário aos outros,
Sangue e vida arriscar em néscias lutas?
Se o filho de Jaguar trazer-nos manda
Do chefe desdidoto e frio corpo,
Aceite-se... se não... voltemos sempre,
Ou com ele, ou sem ele, às nossas tabas,
Às nossas tabas mudas, lacrimosas,
Que hão-de certo enlutar nossos guerreiros,
Quer vencedores voltem quer vencidos."

Do forasteiro, que tão solto fala
E tão livre argumenta, Gurupema
Pesa a prudente voz, e alfim responde:
Tupã decidirá," – Oh! não decide,
(Como consigo diz o forasteiro)
Não decide Tupã humanos casos,
Quando imprudente e cego o homem corre
D'encontro ao fado seu: não valem sonhos,
Nem da prudência meditado aviso
Do atalho infausto a desviar-lhe os passos!"

O chefe dos Gamelas não responde:
Vai pensativo demandando a praia,
Onde o Timbira mensageiro o aguarda.

Reina o silêncio, sentam-se na arena,
Jurucei, Gurupema e os mais com eles.
Amiga recepção, – ali não viras
Nem pompa oriental, nem galas ricas,
Nem armados salões, nem corte egrégia,
Nem régios passos, nem caçoilas[156] fundas,
Onde a cheirosa goma se derrete.
Era tudo singelo, simples tudo,
Na carência do ornato – o grande, o belo.
Na própria singeleza a majestade
Era a terra o palácio, as nuvens teto,
Colunatas os troncos gigantescos,

---

156. Recipientes

Balcões os montes, pavimento a relva,
Candelabros a lua, o sol e os astros.

Lá estão na branca areia descansados.
Como festiva taça num banquete,
O cachimbo de paz, correndo em roda,
Se fumo adelgaçado cobre os ares.
Almejam, sim, ouvir o mensageiro,
E mudos são contudo: não dissera,
Quem quer que os visse ali tão descuidoso,
Que ardor inquieto e fundo os ansiava.

O forte Gurupema alfim começa
Após côngruo silêncio, em voz pausada:
Saúde ao núncio do Timbira! disse.
Tornou-lhe Jurucei: "Paz aos Gamelas,
Renome e glória ao chefe seu preclaro[157]!
– A que vens pois? Nós te escutamos: fala
"Todos vós, que me ouvis, vistes boiantes,
À mercê da corrente, o arco e as setas
Feitas pedaços, por mim mesmo inúteis."

"E de to ver folguei; mas quero eu mesmo
Ouvir dos lábios teus quanto imagino.
Acata-me Itajubá, e de medroso
Tenta poupar aos seus tristeza e luto?
A flor das Tabas suas, talvez manda
Trazer-me o corpo e as armas do Gamela,
Vencido, em mal, no desleal combate!
Pois seja, que talvez não queira eu sangue,
E do justo furor quebrando as setas...
Mas dizê-o tu primeiro... Nada temas,
É sagrado entre nós guerreiro inerme,
E mais sagrado o mensageiro estranho."

Treme de pasmo e cólera o Timbira,
Ao ouvir tal discurso. – Mais surpreso
Não fica o pescador, que mariscando
Vai na maré vazante, quando avista
Envolto em lodo um tubarão na praia,
Que reputa sem vida, passa rente,
E co'as malas da rede acaso o açoita
E a desleixo; – feroz o monstro acorda

---
157. Ilustre

E escancarando as fauces mostra nelas
Em sete filas alinhada à morte!
Tal ficou Jurecei, – não de receio,
Mas de surpresa atônito, – o contrário,
Que de o ver merencório não se agasta,
A que proponha o seu encargo o anima.

"Não ignavo temor a voz me embarga,
Emudeço de ver quão mal conheces
Do filho de Jaguar os altos brios!
Esta a mensagem que por mim vos manda:
Três grandes tabas, onde heróis pululam,
Tantos e mais que nós, tanto e mais bravos,
Caídas a seus pés a voz lhe escutam.
Não quer dos vossos derramar mais sangue:
Tigre cevado em carnes palpitante,
Rejeita a fácil presa; nem o tenta
De perjuros haver troféus sem glória.
Em quanto pois a maça não sopesa,
Em quanto no carcaz dormem-lhe as setas
Imóveis – atendei! – cortai no bosque
Troncos robustos e frondosas palmas
E novas tabas construí no campo,
Onde o corpo caiu do rei das sevas,
Onde empastado inda enrubece a terra
Sangue daquele herói que vos infama[158]!
Aquela briga enfim de dois, tamanhos,
Sinalai; porque estranho caminheiro
Amigas vendo e juntas nossas tabas
E a fé que usais guardar, sabendo, exclame:
Vejo um povo de heróis, e um grande chefe!"
Em quanto escuta o mensageiro estranho,
Gurupema, talvez sem que o sentisse,
Vai pouco e pouco erguendo o corpo inteiro.
A baça cor do rosto é sempre a mesma,
O mesmo o aspecto, – a válida postura
A quem de longe vê, somente indica
Vigor descomunal, e a gravidade
Que os próprios Índios por incrível notam.
Era uma estátua, exceto só nos olhos,
Que por entre as em vão caídas pálpebras
Clarão funéreo derramava entorno.

---

158. Atribuir infâmias

Quero ver que valor mostras nas armas,
(Diz ao Timbira, que a resposta agrada)
Tu que arrogante, em frases descorteses,
Guerra declaras, quando paz of'reces.
Quebraste o arco teu quando chegaste,
O meu te of'reço! O quebrador dos arcos
Nos dons por certo liberal se mostra,
Quando o seu arco of'rece: julga e pasma!"

Do pejado carcaz tira uma seta,
Na corda a ajeita, – o arco entesa e curva,
Atira, – soa a corda, a flecha voa
Com silvos de serpente. Sobre a copa
Duma arvore frondosa descansava
Há pouco um cenembi, – flechado agora
Despenha-se no rio, sopra iroso,
A cortante serrilha embora erriça,
Co'a dura cauda embora açoita as águas;
A corrente o conduz, e em breve trato
O hastil da flecha sobrenada a prumo.

Poderá Jurecei, alçando o braço,
Poupar ação tão baixa àqueles bosques,
Onde os guerreiros de Itajubá imperam.
Imóvel, mudo contemplou o rio
Se chofre o cenembi cair flechado,
Lutar co'a morte, ensanguentando as águas,
Desaparecer, – a voz por fim levanta:

"Ó rei das selvas, Gurupema, escuta:
Tu, que medroso em face d'Itajubá
Não ousaras tocar o p´que o vento
Nas folhas dos seus bosques deposita;
Senhor das selvas, que de longe o insultas,
Por que me vês aqui cozinho e fraco,
Fraco e sem armas, onde armado imperas;
Senhor das selvas (que antes flecha acesa
Sobre os tetos houvesses arrojado,
Onde as mulheres tens e os filhos caros),
Nunca miraste um alvo mais funesto
Nem tiro mais fatal vibraste nunca.
Com lágrimas de sangue hás de chorá-lo,
Maldizendo o lugar, o ensejo, o dia,
O braço, a força, o ânimo, o conselho

Do delito infeliz que vai perder-te!
Eu, sozinho entre os teus que me rodeiam,
Sem armas, entre as armas que descubro,
Sem medo, entre os medrosos que me cercam,
Em tanta solidão seguro e ousado,
Rosto a rosto contigo, e no teu campo.
Digo-te, ó Gurupema, ó rei das selvas,
Que és vil, qu'és fraco!
Sibilante flecha
Rompe da turva-multa e crava o braço
Do ousado Jurecei, qu'inda falava.

"É seguro entre vós guerreiro inerme,
E mais seguro o mensageiro estranho!
Disse com riso mofador nos lábios.
Aceito o arco, ó chefe, e a treda flecha,
Que vos hei-de tornar, ultriz da ofensa
Infame, que Aimorés nunca sonharam!
Ide, correi, quem cós impede a marcha?
Vingai esta corrente, não mui longe
Os Timbiras estão! – Voltai da empresa
Com este feito heroico rematado;
Fugi, se vos apraz; fugi, cobarde!
Vida por gota pagareis meu sangue;
Por onde quer que fordes de fugida
Vai o fero Itajubá perseguir-vos
Por água ou terra, ou campos, ou florestas;
Tremei!...
E como o raio em noite escura
Cegou, desapareceu! De timorato
Procura Gurupema o autor do crime,
E autor lhe não descobre; inquire[159]... embalde!
Ninguém foi, ninguém sabe, e todos viram.

---

159. Procura saber